徳間文庫

# 熱夜

草凪 優

JN151970

徳間書店

目次

# まえがき

この連作小説は最初、私小説として構想された。

私は四十代から五十代にかけて十年間ほど沖縄に住んでおり、南国の島を舞台にした官能小説家の私小説というのも、面白かろうと考えたからだった。

女運に恵まれた半生を歩んできたわけでは決してなく、むしろその逆だったにもかかわらず、どういうわけか沖縄に住んでいた十年間は、結婚と離婚を繰り返したり、独身に戻ったときには恋愛や悪所通いにうつつを抜かしたり、俗っぽく言えば女の出入りが激しかったので、ネタにも困らないはずだった。

だがしかし、まるで歯が立たなかった。

うんうん唸《うな》りながら三ページ、四ページと書いても、すぐに筆がとまって先に進めなくなった。

私小説なんだから経験をそのまま書けばなんとかなるだろうと甘く考えていた

私は、本当に愚かで浅はかな物書きだった。

私小説には私小説の成り立ちや歴史があり、それを理解したうえで方法論を模《も》索《さく》していかなければ、とても書けるものではないのだ。

結果、この連作小説は私小説「風一」の完全なるフィクションとなった。エンターテインメント作品として読者に提供する以上、浅慮な実験作にするわけにはいかなかったからである。

一人称で書いているが、登場人物は実在しないし、実際にあった出来事をそのまま書いたわけでもない。

とはいえ、たとえフィクションでも書き手の経験が否応なく反映されてしまうのが小説である。いまはもう生まれ育った東京に戻ってきてしまったが、読み返すと沖縄での日々を生々しく思い返して胸に迫るものがある。

私自身が深い関係にあった女には大なり小なり影響を受けているし、接客されたホステスや風俗嬢、酒場で偶然隣りあわせただけの女、あるいは路上ですれ違っただけでもいい、彼女たちの記憶をいったんすべてバラバラにし、願望を込めたり妄想をふくらましつつ再構築して、七人のヒロインに託した。

ストーリーについては、私自身が経験したことはもちろん、友人知人の経験談や酒場で小耳に挟んだだけの話、あるいは都市伝説めいた噂《うわさ》まで、使えるものはなんでも使い、一風変わった官能小説として仕上げた。

楽しんでいただければ幸いである。

# 第一話　雨のリゾート――ユキノ・二十二歳

## 1

出入り口の扉が開閉されるたびに、むわっとする湿気と耳障《みみざわ》りな雨音が店内に流れこんできた。

目の前には、ほとんど手をつけられていない沖縄料理が並んでいる。チャンプルーという豆腐や野菜の炒め物、魚の塩煮、ウスターソースをかけて食べる衣の分厚い天ぷら――どれも東京を旅立つ前は楽しみにしていたメニューだが、三日も続くとさすがにうんざりしてくる。カウンター席で肩を並べているユキノも、ぶんむくれた顔で泡盛《あわもり》のシークヮーサー割りをちびちび飲んでいる。

「明日帰るのよね？」

「ああ」

「最後の夕食がこれ？」

「来る前に言ったろう。俺はウチナー料理が食べたくて沖縄に来たんだ。それでもいいって約束したよな？」

「そうだっけ？」

　ユキノは小首をかしげてとぼけた。私が似たような店で、似たような料理ばかり注文しているのはほとんど意地のようなものだったが、約束をしたのは本当である。

　私は沖縄の古い食堂や居酒屋に興味があった。洒落《しゃれ》た料理が味わえるグルメ御用達の店ではなく、敗戦からの復興に向かって奮闘するウチナーンチュの胃袋を満たし、活力を与えてきた普段使いの店だ。

　東京でもチェーン系のファミレスや牛丼屋に押されて個人経営の定食屋が次々となくなっているが、沖縄でも状況は似たようなものらしく、昔ながらの店が遠からずなくなってしまいそうだった。沖縄に行くなら一緒に連れてってと懇願《こんがん》してきたユキノに、そういうところに付き合ってくれるなら旅費を出してやってもいいと言った。

ただ、彼女がむくれる気持ちもよくわかる。

五月中旬にもかかわらず、沖縄は梅雨《つゆ》に入っていて、私たちが三日前に到着して以来、延々と雨が降りつづいていた。

沖縄に長雨のイメージはなく、スコールのように激しく降ってすぐやむのだろうと考えていたが、とんでもない話だった。朝から晩までバケツをひっくり返したような豪雨が続き、時には爆撃音にも似た雷鳴が街中に響き渡った。生まれも育ちも東京の私は、うんざりするのを通り越して恐怖さえ覚えた。

当初予定していた本島北部へのドライブや、離島への船旅は中止せざるを得ず、私たちは那覇《なは》の市街地に閉じこめられた。

エメラルドグリーンの海で泳いだり、真っ白い砂浜でバーベキューをするのを楽しみにしていたユキノは、日に日に口数が少なくなっていった。降りやまない雨音をエンドレスで聞かされながら、場末感漂う食堂や居酒屋を巡っているだけではリゾート地にやってきた高揚感もなく、黴《かび》くさい気分になってしまって当然だった。

「どっか行かない？」

「この雨の中を？」

「ここにいるよりマシじゃないかな？」

このシチュエーションにはもう飽きあき、とユキノは言いたいようだったが、私も別の意味で、その場所に居心地の悪さを感じていた。

廃墟じみた建物にもかかわらず、その居酒屋は若者のグループ客ばかりだった。カップルは私たちだけであり、私たちはひとまわり以上年が離れている。ことさら身を寄せあったりしなくても、不倫、淫行、援助交際――人の道にはずれた不道徳な印象を与えてしまうようで、好奇の視線が気になった。

店を出ると、湿気と雨と夜闇が迫ってきた。外灯もまばらな路地裏の道は都会では考えられないくらい暗く、すべてを吸いこむブラックホールが行く手に待ちかまえているようだった。雨脚は激しくなる一方で、傘《かさ》など役に立たず、十メートルと歩かないうちにジーンズの膝《ひざ》から下がびしょ濡《ぬ》れになった。さらにサウナのような湿気が、Tシャツまでじっとりと汗ばませていく。

「カラオケでも行く？　あっちにシダックスあったよ」

「東京でも行けるところには行きたくないんだ」

「じゃあどうするの？　このまま雨の中お散歩？」

ユキノはハイビスカス柄のワンピースを着ていた。リゾート仕様の露出度の高い服で、キャミソールふうの上半身は双肩と胸元と両腕を、マイクロミニ丈の裾《すそ》からは太腿から下を、ほとんどすべて剝《む》きだしにしていた。

雨に濡れた素脚が、夜闇の中で白く輝いていた。艶《なま》めかしいと言えば艶めかしかったが、私は欲情しなかった。そのことが、行くあてのなさ以上に、私の気持ちを沈みこませた。

「店を出たいって言ったのは、そっちじゃないか」

「いいアイデアがあったわけじゃないもん」

「……ホテルに戻るしかないか」

「それはいや」

ユキノは鼻に皺《しわ》を寄せた憎たらしい顔で言うと、傘をたたんで植えこみに投げこんだ。ショートカットの黒い髪が、みるみる濡れて雨粒がしたたりだす。

「あんなところに戻るくらいなら……ここで水浴びしてやる！」

きゃーっと奇声をあげて、ユキノは走りだした。漆黒《しっこく》の雨の中、十メートルほど走っていっては戻ってくる。カンカンカンカンというミュールの音が、強まるばかりの雨音に呑《の》みこまれ、また現れる。

彼女らしい、子供じみた振る舞いだった。高校・大学と演劇に熱中していたというユキノは、そういうエキセントリックなパフォーマンスで時折私を驚かせる。彼女にとって、世界は巨大な劇場だった。私は私で、ユキノのそういう無軌道《むきどう》さに惹かれていたと言えなくもなかった。

私も傘をたたみ、植えこみに放り投げた。打ちつける雨はあっという間に顔を濡らし、まともに眼《め》を開けていられなくなった。霞んだ視界の中で、ユキノの奇声と足音、容赦《ようしゃ》なく降り注ぐ雨音だけが聞こえていた。ハイビスカス柄のワンピースは生地がとても薄いから、下着までぐっしょり濡れてしまうのに時間はかからないだろうと思った。

2

私が初めて沖縄本島に旅行したのは、四十歳の前厄《まえやく》だった。その数年後に東京を引き払って本格的に移住することになるのだが、そのときはまだ、移住することなど考えてもいなかった。

ユキノは二十二歳だったから、十八歳年下の恋人、いや、私にはまだ籍が入っている妻がいたので、不倫の相手であり、婚外恋愛のパートナーであり、もっと俗っぽく言えば愛人ということになる。

付き合いだしたころは、なにもかもが新鮮だった。風俗遊びはともかく、私はそれまで本気の浮気をしたことがなかったので、十八歳年下の愛人、というだけで眼もくらむほど非日常的だった。

ユキノは底抜けに明るい女の子で、まわりの眼を気にするタイプではなかったから、道を歩けばすかさず手を繋《つな》ぐことを求めてきたし、キスをねだってくることさえあった。

私は拒まなかった。四十にもなってそんな恥知らずな行為に付き合うこともまた、非日常的だったからである。絵にならないことをしている自覚はあったが、いい大人が幼稚な振る舞いをすることには、暗い悦《よろこ》びがあるものだ。

一方のユキノはどこまでも若く、それゆえの愚かさを人より多くもちあわせていた。人前での愛情表現が愚かなわけでなく、十八歳も年上の妻帯者と本気で恋に落ちてしまうなんて、愚かとしか言いようがないではないか。

そんな彼女を私は愛した。たしかに愛していたはずだった。一緒にいれば笑いが絶えなかったし、彼女の眼を通じて世界を見つめ直すことで、いつもの見慣れた光景が格別に輝いて見えたりもした。

そして、なによりもセックスだ。長い付き合いの妻とはとっくにセックスレスになっていたので、三十代に入ったあたりから、私にとってセックスはもっぱら、商売女を相手にするものになっていた。

そのことに、さしたる不満もなかった。仕事を頑張《がんば》って稼《かせ》ぎがよくなれば、利用する風俗店のランクがあがっていった。より顔が美しく、スタイルのいい女を抱くことができた。それはこの世でもっともわかりやすい、自分へのご褒美《ほうび》だと信じて疑っていなかった。

だがやはり、金を払ってするセックスと、気持ちの通じ合った相手とするそれには、大きな違いがある。

私はユキノを感じさせることに没頭した。成功すれば大いなる満足感を得ることができた。風俗嬢にそんな振る舞いをするほど野暮《やぼ》なことはない。風俗店はサービスを受ける場所であり、自分の欲望だけを端的《たんてき》に吐きだせばいい。

ユキノのおかげで、私は女に奉仕する快楽に目覚めた。若い彼女は人生における他のすべてのことと同様に、セックスの経験が少なく、経験が少ないぶん、性的なファンタジーや好奇心を抱えきれないほど抱えていた。

エロティックなランジェリーを着けさせたり、大人のオモチャを次々と試したり、人目につきにくい野外でハードなペッティングに耽《ふけ》ったり——たいていの中年男にとってそうであるように、私にとっても「いつか来た道」であったけれど、十八歳も年下の愛人とあらためて辿《たど》ってみれば、過去に歩いたときとはまた違う、フレッシュな刺激を得ることができた。

掛け値なしに楽しい時間だった。私はすでに、楽しい時間が永遠に続くことがないというこの世の理《ことわり》を知るいい大人だったけれど、終わりの予感がこれほど早く訪れるとも思っていなかった。

付き合いはじめたのが前年の晩秋だから、まだ半年ほどしか経《た》っていない。あるいは、よく半年ももったものだと言うべきなのだろうか。

仕事が手につかないほど彼女のことばかり考え、会えば一秒でも長く一緒にいたいと希求する、恋愛初期の不安定な精神状態を三カ月ほどで抜けだすと、私は私の置かれている現状に呆然《ぼうぜん》とするしかなかった。

十五年間一緒にいた妻を実家に追いやり、かわりに自宅にユキノを招き入れて同棲《どうせい》を始めていた。どう考えても正気の沙汰《さた》ではなかった。新しい女と新しい生活を始めるなら、せめて新しい部屋に移るべきだった。妻と暮らしていた部屋には当然、妻との思い出がそこかしこに残っているわけで、自分の薄情さに吐き気を覚えた。ユキノも口にこそ出さなかったけれど、妻と寝ていたベッドで肌を重ねあわせることに、傷ついていたに違いない。

しかし、問題の本質はそれとは別のところにあった。

十八歳という年齢差を、恋愛初期にはほとんど感じたことがなかった。赤の他人から男女の関係に一歩足を踏みだすとき、その気持ちの熱量は、四十歳でも二十二歳でもそう大きく変わらないのだろう。

だが、いったん気持ちが落ち着いてしまうと、自分と彼女の生きるスピードの違いを思い知らされるしかなかった。恋を始めるときの勢いがロケットを飛ばすようなものだとしたら、打ち上げに成功すると切り離される後部の燃料庫のように、私の気持ちは失速していった。

彼女との生活に未来があるとは思えなかったからである。

その一方で、ユキノはぐんぐんとスピードをあげていった。恋愛に対してだけではない。二十二歳というのは生き急いでしかるべき年齢なのだろう。やりたいことや知りたいことが多すぎて、自分で自分を制御できない。私にも思い当たるところがあるけれど、若い彼女は人一倍生きることに貪欲《どんよく》だった。

週末ごとに、どこかに遊びにいくことを求められた。海へのドライブ、水族館や動物園や遊園地、オープンしたばかりのテーマパーク、メディアで話題のトレンディスポット——私はそれらに付き合うのが苦痛でしかたなかった。小説を書くことを生業《なりわい》にしたのは、人並みはずれて怠惰《たいだ》な性格だからだし、中年の休日に必要なのは遊びまわることではなく、疲れた心身を休めることなのだ。休みの日は起き抜けにビールを飲み、日がな一日ソファでゴロゴロしていたかった。

とはいえ、彼女を一方的に責めるわけにはいかない。恋愛初期、東京中の料理屋に引っ張りまわしたのは私のほうだった。洒落たフレンチや格式高い寿司屋のカウンターに連れていけば、若い彼女は眼を丸くして喜んでくれた。もちろん、食事の先にセックスがあるから、そんなことをしただけである。同世代のボーイフレンドじゃこんなところにエスコートしてくれないだろう？　と得意になりたかったのである。

ふたりの間でセックスが特別なものではなくなり、非日常的なインパクトが薄れてくれれば、そんな段取りは煩《わずら》わしいだけだった。だいたい私は洒落たフレンチや格式高い寿司屋など好きではなかった。気取った店で肩の凝《こ》る思いをするくらいなら、酒屋の角打ちで飲んでいたほうがよっぽどマシだと考える性分だった。取り返しのつかないことをしてしまったという思いに駆られた。

考えてみれば、実家に帰してしまった妻とだって恋愛初期の熱い日々があったのだ。それが落ち着き、十五年という長い年月をかけて自分たちにフィットした生活をつくりあげてきた。

新しいパートナーと快適な生活を手にするためには、十五年とは言わないまでも、気が遠くなるくらい長い時間が必要なのだ。そんなことはわかりきっていたはずなのに、私は後先考えず、それまでの生活をあっさり捨ててしまったのである。

若い女とセックスがしたいばっかりに。

## 3

いまでは間違ってもそんなチョイスはしないけれど、初めての沖縄旅行で私が宿泊先に選んだのは、リゾートホテルでも民宿でもなかった。バックパッカーと呼ばれる貧乏旅行の愛好家が好んで利用するゲストハウスだった。

設備がチープなかわりに料金が極端に安い。節約のためにそうしたというより、どういうところなのか興味を惹《ひ》かれた。一種のスラムツーリズムと言ったら言いすぎだろうが、貧乏旅行をしているような若者の嗜好《しこう》を知りたかった。

しかし、私はもう若者ではなかった。まともなホテルに泊まる金がなかったわけではないので、すぐに後悔することになった。

さすがにドミトリーではなく個室にしたものの、じめじめ湿った四畳半の畳敷《たたみじ》きの部屋に通された瞬間、天を仰《あお》ぎたくなった。寝具もまた、湿気をたっぷり含んだ煎餅《せんべい》布団だった。一時間百円の別料金を必要とするクーラーや、コンクリート剝きだしのシャワー室には泣きたくなった。

年は若くてもバックパッカー的な価値観など微塵《みじん》ももちあわせていないユキノは、私以上にゲストハウスに落胆していた。私に気を遣《つか》って文句こそ口にしなかったものの、啞然《あぜん》、呆然としているのは一目瞭《りょう》然《ぜん》だった。

それでも、雨さえ降っていなければ、ここまで気まずい雰囲気に陥《おちい》ることはなかっただろう。雨の那覇には肌にまとわりつく不快な湿気と熱気が蔓延し、私たちの四畳半は救いがたい倦怠感《けんたいかん》だけに支配されていた。

「最悪だね、まったく」

ドライヤーで髪を乾かしながら、ユキノはついに悪態をつきはじめた。

「今回の旅行のおかげで、わたしの中の沖縄のイメージ、最悪になった。二度と来たくないな」

土砂降りの雨の中を走りまわったことで、少しはストレスを発散したかに見えたが、ゲストハウスに帰ってくると再び機嫌《きげん》が悪くなった。コンクリート剝きだしのシャワー室で、ヤモリに遭遇《そうぐう》したらしい。

「まだ旅行は終わってないじゃないか」

缶ビールを飲みながら苦笑した私もまた、気分を重く沈みこませていた。この部屋を倦怠感が支配しているのは、決して雨だけのせいではなかった。

シャワーを浴びたばかりのユキノは、バスタオルを巻いただけの格好だった。そんな無防備な姿でシャワー室から戻ってきたことに驚かされた。部屋に戻ってくる途中、他の宿泊客とすれ違うかもしれないからだ。

半分は自棄《やけ》であり、残りの半分は――セックスをしたいという願望の表れだろう。昨日も一昨日も、深酒を理由に私は彼女を抱かなかった。せっかく旅行に来たのにセックスしないなんてどういうわけ？　と彼女の顔には書いてあった。私は深酒の他にもうひとつ、裸で抱きあわない理由を示した。ゲストハウスの壁はひどく薄く、隣室でおしゃべりしている声が聞こえていた。

それでも、ユキノはセックスがしたいようだった。豪雨の中、傘を捨てて走りだしたのと同じ理屈だ。衝動を抑えきれないし、抑えるつもりもないというのが、彼女の行動原理だった。

ただ、若いユキノには、男をその気にさせるムードをつくりだすノウハウがなかった。かといって、自分から「したい」と申し出るのも、若さゆえの羞恥心《しゅうちしん》が邪魔《じゃま》をする。彼女は私と付き合って以来、あきらかに性欲が強くなった。したいのにできない欲求不満が、さらなる悪態をつかせた。

「旅行は終わってないって、明日は飛行機に乗って帰るだけでしょう？　空港で沖縄そばでも食べる？　わたしもうやだ。さっさと東京に帰って、家系ラーメンでも食べたい」

「タコライスにすればいいじゃないか。好きって言ってただろ」

「好きとか嫌いじゃなくて、沖縄っぽいのはもう見るのもいやなの」

ユキノはドライヤーをとめてこちらを見た。

「わたし、この旅行のために水着買ったんだよ。デパート行って。わざわざ」

「雨降ってるんだからしかたないじゃないか」

「そうですね。しかたないですね。でも、わたしの旅行鞄《かばん》には、おニューの水着が入っているの。八つ当たりして悪いって思うけど、一回も泳げなくて頭にきてるのよ」

乾かしたばかりの髪を両手でくしゃくしゃっと乱すと、涙眼で睨《にら》んできた。私は缶ビールを飲んだ。すでにぬるくなって、喉越《のどご》しが悪かった。それでも飲むしかない。ユキノは涙眼で睨んでくるのをやめない。

「じゃあ……いまここでその水着を着てみなよ」

「はあ？」

ユキノの涙眼が吊りあがり、私は財布を取りだした。

「セクシーに接待してくれたら、チップをやるよ。外国映画とかで、よくあるじゃないか。ストリッパーの水着に、札を挟むシーンが」

一万円札を抜きだして見せると、ユキノは大きな黒眼をくるりと回転させた。

わたしにストリッパーをやれっていうの！　と怒りだすタイプではなかった。むしろ、彼女は「ごっこ」遊びが大好きだ。それに加え、お金というリアルな報《ほう》酬《しゅう》が与えられることにも、興味を惹かれたに違いない。

「でもわたし、セクシーなんて無理だよ」

たしかに彼女は、フェロモンむんむんのタイプではない。黒髪のおかっぱ頭は少女じみているし、スタイルだってグラマーには程遠い幼児体型だ。

「でも見てみたいな。俺だって、ユキノの水着姿が見られるの、楽しみにしてたんだぜ。絶対可愛いだろうなって」

まぶしげに眼を細めて言うと、ユキノは頬《ほお》をふくらませて唸った。彼女は褒め言葉に弱い。そのことを自覚しているから、私が過剰《かじょう》に褒めると足元を見られている気がするらしい。それでもやはり、褒め言葉には弱いのだ。長い沈黙があったものの、結局私の提案を受け入れた。

「……じゃあ後ろ向いてて」

私はうなずいて背中を向けた。ガサゴソとバッグを探る音がした。四畳半の狭い部屋だから、背中を向けていても着替えている気配がはっきりと伝わってきた。いまバスタオルを取って、蒸れた素肌を露《あら》わにしたな……などと……。

「いいよ、こっち向いて」

振り返ると、水着姿のユキノが立っていた。白の三角ビキニだった。ただの白ではなく、生地《きじ》に光沢があって、光のあたる角度によってはピンクにも銀色にも見えた。

「素敵だよ……想像以上に可愛い……」

私はしげしげと彼女を眺めながら言った。大人っぽいセクシーさはなくても、エロティックだった。肌を見せると、妙に色気がある女だった。肌が白くて、肌《き》理《め》が細かいからだろうか。

あるいは眼つきのせいだろうか。男に肌を見せれば、どうしたってその後にセックスという展開を想像してしまう。期待が眼つきに表れている。こちらの視線に欲情しているかのような……。

ユキノはしばらく黙って立っていたが、やがてそわそわしはじめた。ここは沖縄だが、ビーチではなく、じめじめした薄暗いゲストハウスの四畳半。水着姿でいることが場違いで、所在《しょざい》がなさそうだ。

「それで……どうすればいいわけ？」

「一緒にビールでも飲もう」

私は隣に招き寄せ、コンビニのビニール袋から缶ビールを出して渡した。すでにぬるくなっていたが、ユキノは文句を言わずに飲んだ。私も新しい缶を開けて飲んだ。視線が合うと、お互いに照れて少し笑った。

付き合いはじめた当初、彼女と見つめあうのが好きだった。見つめあうという行為を、長い間忘れていた気がした。セックスのときもできるだけ見つめあっていたいと頼むと、彼女は応《こた》えてくれた。快楽の波に呑みこまれる寸前まで、ぎりぎりまで細めた眼で必死に私を見つめてくれた。

ユキノもそれを思いだしたのかもしれない。眼の下がにわかにピンク色に染まっていった。普通ならキスをするタイミングだが、私は一万円札を縦に折り、彼女のビキニの、ブラジャーのストラップの部分に挟んだ。

ユキノが笑う。ビキニ姿を披露《ひろう》したことと「ごっこ」遊びで、だいぶ機嫌が直ってきたようだ。

「もっとサービスしましょうか？」

両手を後ろにまわし、ブラジャーをはずそうとしたので、

「そのままでいいよ」

私はあわてて制した。

「つまんない。ただビール飲んでるだけなんて」

「おニューの水着を見せたかったんだろ？」

「そうだけど……」

「もう少し見てたいな」

「でも……エッチな気分になってきちゃったから……って、言わせないでよ」

「だったら、エッチなポーズをとってくれよ。チップははずむぜ」

私は財布から一万円札をもう一枚取りだし、縦に折って先ほどとは反対側の、ブラジャーのストラップに挟んでやった。ユキノの瞳が左右に動いた。ふたつの胸のふくらみの上に、一万円札が二枚。彼女は幸運の理由を、深く考えるタイプではない。

「エッチなポーズって……M字開脚とか？」

「いきなり大胆すぎるだろ。まずは……そうだな、四つん這《ば》いになってくれよ。ユキノの可愛いお尻、大好きだから」

「いいですけどね……」

ユキノは私に背を向け、四つん這いになって尻を突きだしてきた。私は本当に彼女のヒップが大好きだった。胸のふくらみは控《ひか》えめで、スタイル全体は薄べったくても、尻だけがアンバランスに大きいから、妙にそそるのである。そこだけは、セクシーと呼んでもいい。

その尻が、白いビキニパンティにぴったりと包みこまれていた。光のあたる角度の関係だろう、光沢のある生地が白からピンクに変わって、キラキラと輝いていた。真ん丸と言っていいヒップのフォルムが、もぎたての果実のようだった。照れ隠しだろう、ユキノは腰をくねらせ、尻を振りはじめた。

「チップ……チップ……」

こちらを振り返った眼つきに、私はドキリとした。すっかり欲情しきっていて、チップよりも愛撫《あいぶ》を欲しがっているように見えた。

私は一万円札を、ビキニパンティのサイドに挟んでやった。愛撫から気をそらすためにそうしたのだが、水着姿の若い愛人に現ナマを与えるたびに、私の胸は痛んだ。自分のくだらない思いつきに深く傷つき、それがわかっていてもやってしまう、自虐《じぎゃく》行為だったと言っていい。

愛人といっても、私はユキノに手当を渡しているわけではなかった。そうするかわりに、妻を実家に帰し、離婚に向けて話しあいを続けている。単なる火遊びや、一時の気の迷いで付き合っているわけでないことを、ユキノにも、自分自身にも証明したかったからだ。

しかし、現実には金の力で若い女をたぶらかし、その体をもてあそんでいるだけではないのか？　そういう思いが私を苦しめる。手当を渡していなくても、高級レストランに連れていき、ブランド物のバッグや腕時計をプレゼントしている。相手が妻なら躊躇《ちゅうちょ》するほど高額でも、ユキノにならば惜《お》しくない。

自分のような中年男は、身銭を切らなければ若い女に相手にされないと本能で気づいていたのだ。

馬鹿馬鹿しい関係だった。ユキノは風俗嬢ではないが、風俗で遊んでいるのと本質的にはなにも変わらない。

目の前の女をよく見てみればいい。若い体を差しだして、金を受けとることに、いっさいの躊躇がない。たぶらかしているつもりが、たぶらかされているのはこちらのほうで、気がつけば金以上に大事なものを失っていた。私はユキノと生きる未来を夢見ようとしたが、ユキノは未来のことなんてこれぽっちも考えていなかった。

彼女はただ、いまだけを力強く生きている。

そのまぶしい輝きが私を虜《とりこ》にし、と同時に、私を絶望の淵に追いこんだ。

## 4

部屋の空気がにわかに蒸してきた。

私とユキノは畳の上で身を寄せあい、舌を吸いあっていたが、ふたりが放つ愛の情熱が、部屋の空気を変えたわけではなかった。

クーラーがとまってしまったのだ。そのゲストハウスのクーラーは一時間百円で稼働《かどう》しているから、再び冷風を浴びるためには立ちあがってコインを投入しなければならない。

ユキノと見つめあいながらキスをしていた私は、とてもそんなことをする気にはなれなかった。彼女から眼をそらしたくなかった。眠りに落ちる前に、伝えなければならないことがあった。

そろそろ別々に生きていったほうがいい……。

ユキノは拒まないだろう。若くて生命力にあふれている彼女は、私と別れたところですぐに次の男が見つかるだろうし、たとえ見つからなくても、彼女なら楽しくやっていけるに違いない。

覚悟が必要なのは私のほうだった。もちろん、別居中の妻とやり直そうなどと、都合のいいことを考えていたわけではない。妻を傷つけた罪は、私が背負うべきものだ。淋《さび》しくてもつらくても、ひとりになって背負うのだ。

ユキノには、できれば素晴らしい旅行の思い出を最後に贈ってやりたかったが、これもまた運命なのだろう。彼女が二度と来たくないと言った沖縄は、きっとふたりの恋の墓標を立てるのに相応《ふさわ》しい場所なのだ。

もう終わりにしよう……。

言葉は喉元まで迫《せ》りあがってきているのに、口から出ていってくれない。言葉を吐くべき口は深いキスで塞《ふさ》がれ、舌をからめあうほどにユキノの若い体から生々しい欲情が伝わってくる。彼女が求めているのは私との未来ではなく、いまここで性欲を満たすことだった。それがわかっていても、キスをやめられない。欲情したユキノは、いつだって私を狂わせる。別れ話をしなければならないのに、手のひらが白い素肌をまさぐりだす。

ユキノの素肌は白いだけではなく、なめらかだった。肌理が細かくすべすべしているから、いくら撫でても撫で飽きることがない。薄いウエストから太腿へと手のひらをすべらせていくと、ぎゅっと両脚を閉じた。拒んでいるのではなく、感じていることを伝えるように……。

私はひとしきり太腿を撫《な》でまわしてから、股間にぴっちりと食いこんだビキニパンティの上に手のひらを移動させた。両脚を閉じていても、こんもりと盛りあがった恥丘には触れることができた。

女らしいその形状をいとおしむように指を這わせていると、ユキノは私の首に両手をまわしてきた。私は口づけに応えながら、彼女の背中に手をまわした。水着のブラジャーは、首の後ろと背中の二カ所、紐《ひも》で結ばれていた。はずすと、ストラップに挟まっていた一万円札がはらはらと落ちていき、カップの下から白い裸身《らしん》の中でもひときわ白く、汗で蒸れた乳房が現れた。

ふくらみ具合は控えめでも、ピンク色の乳首がたまらなく清らかで、私はそこに頬ずりした。顔中を彼女の汗にまみれさせながら、股間に触れている指を動かした。水着の生地は下着のそれよりずっと厚かったが、奥から熱気が伝わってきた。いや、熱気なら、彼女の体全体が放っていた。クーラーがとまっているせいで、すべすべの素肌がじっとりと汗ばみはじめるのに時間はかからなかった。服を着ている私も汗をかいていた。暑くてしようがなかった。息苦しいほど暑いのに、クーラーを入れるために立ちあがることができない。ユキノもユキノで、私の首にまわした両腕をほどこうとはしない。

指を動かした。しっかりと閉じていた両脚から、次第に力が抜けていった。それを開く前に、ビキニパンティを脱がした。今度はサイドに挟まっていた一万円札が落ちていった。つけっぱなしだった青白い蛍光灯が、ユキノの薄い恥毛を照らしだした。頼りないくらいに少ない、ほんのひとつまみほどの愛らしい草むらが、私には彼女の若さの、いや、幼さの象徴に見えた。

それをそっと撫でてから、両脚を開いていった。ユキノの呼吸が荒くなった。私の手指は、まだ肝心なところに触れていなかった。触れなくても、濡れていることがはっきりとわかった。

私は焦らなかった。敏感な内腿をくすぐったり、花びらの両脇を指でなぞりながら、ユキノと見つめあった。早く触って、と彼女は眼顔でねだってきた。蕩《とろ》けるような気分になった。この気分を永遠に味わえるなら、すべてを失ってもかまわないと私は思っていた。実際に失ったわけだが、この世に永遠などないというわかりきった事実もまた、思い知らされた。

ビクンッ、とユキノが腰を跳ねさせた。私の指が、ついに濡れた花びらに触れたからだった。花びらの縁を、触るか触らないかのぎりぎりのタッチで刺激してやると、ユキノはとても感じる。いつもなら声をあげているところだが、ゲストハウスの壁の薄さを理解しているようで、我慢している。

なにしろ、隣室からはいまも笑い声が聞こえているのだ。確実にこちらの声も筒抜けになる。

ユキノが声を押し殺しているせいで、部屋は異様な静寂《せいじゃく》に包まれていた。静寂が孕《はら》んでいるのは、三十度を超える気温だった。湿度に至っては、限りなく百パーセントに近いのではないか。

私も服を脱ぎ、素肌と素肌を重ねあわせれば、ヌルヌルしたエロティックな感触が楽しめただろう。しかし私は服を脱がず、黙々と指を動かしつづけた。蕩けるような気分で若い愛人に愛撫しつつも、どこかで冷めているもうひとりの自分がいた。ユキノの花はしたたるほどに濡れまみれ、指を動かすとひらひらと泳ぐほどだったが、それでも私は服を脱がなかった。

理由はよくわからない。流れで愛撫を始めてしまったけれど、彼女を貫《つらぬ》きたいという衝動までは、まだ訪れていなかった。

もちろん、それは私だけの都合であり、ユキノは貫かれることを望んでいるし、その瞬間を待ちわびている。今日だけの話ではなく、三日前に沖縄に来たときから、いや、自宅で同じベッドで眠っているのに、週に一度も彼女を求めなくなってから、ずっと……。

どうしてエッチしないの？　と彼女は無言のメッセージを送ってきた。すれば気持ちいいのに……頭の中が真っ白になって、嫌なことも全部忘れられるのに……それはそうなのだが、私はたぶん、現実から眼をそむけるためにセックスをすることに倦《う》んでしまったのだ。

それでも、男と女の間には、セックスがある。救いがたい倦怠感から一時でも逃避するため、こうして指を動かしている。不機嫌だったユキノも、花を濡らせばトロンとした眼つきで私を見つめ、挑発してくる。花びらをめくって奥まで指を沈めこんでやれば、濡れた肉ひだがひくひくと蠢《うごめ》きながら吸いついてくる。

声を押し殺していても、ハアハアとはずむ呼吸までは抑えきれない。声をこらえているせいなのか、ユキノの顔はいつもより赤くなって、耳や首筋まで同じ色に染まっていく。

私はユキノの下半身の方に移動した。両脚をM字に割りひろげ、その中心に汗まみれの顔を近づけていった。陰毛の薄い彼女の股間はとても清潔で、女の花はローズピンクの蕾《つぼみ》のようだった。とても可愛らしいが、その姿からは想像もできないほど深い欲望を隠している。

「んんんーっ！」

花びらの縁を舌先でなぞると、ユキノは声をあげそうになり、あわてて自分の口を両手で塞いだ。

私は彼女を見た。唇の前に人差し指を立て、絶対に声を出すなと眼顔で伝えた。ユキノはコクコクとうなずき、両手の下で深呼吸をする。

私は尖らせた舌先で花びらの裏表を丁寧《ていねい》に舐《な》め、蕾を開花させていった。アーモンドピンクの花びらがめくれ、つやつやと濡れ光る薄桃色の粘膜が恥ずかしげに姿を現すと、そっと舌を差しこんだ。春の若草のように薄い陰毛を鼻息で揺らしながら、小粒の真珠を彷彿《ほうふつ》とさせる美しい肉芽を舌先で転がした。

「んんんーっ！　んんんんーっ！」

声をあげられないユキノは、しきりに身をよじって歓喜を伝えてきた。白い素肌はすでに汗みどろで、紅潮した顔には玉の汗が浮かんでいた。

もちろん、いちばん濡れているのは、舌を這わせている女の性愛器官だった。それは汗ではないが、汗のようにさらさらした若メスの蜜だった。味も匂いも薄く、初々《ういうい》しい。じゅるっと音をたてて啜《すす》ってやると、ユキノはせつなげに腰をひねった。宙に浮いた足指を必死に丸めて、なにかをこらえている。

こらえているのは、もはや声だけではなかった。イキそうになっていた。私は唾液で濡らした中指を、彼女の中に沈めこんだ。みっちりと詰まった肉ひだを掻《か》き混ぜながら、クリトリスを執拗《しつよう》に舐め転がした。

「うんぐ！　うんぐううーっ！」

ユキノは両手で口を塞いだまま、眼を見開いてこちらを見た。焦《あせ》った様子で、首を横に振った。私はかまわず愛撫を続けた。肉穴に埋めこんだ中指が、奥で新鮮な蜜《みつ》を大量に分泌《ぶんぴ》しているのを感じていた。やり方によっては潮《しお》まで吹かせられそうだったが、私は刺激を強めたりはしなかった。

むしろソフトにした。一定のリズムでGスポットを押しあげながら、つるつるした舌の裏側を使って敏感な真珠肉を転がした。真綿で首を締めるように、ユキノを快楽の頂《いただき》へと追いこんでいった。

そのほうが、爆発的なオルガスムスに導けるからだ。迫りくる恍惚《こうこつ》に身構えているユキノは息をとめていた。その時間が長くなればなるほど彼女の顔は真っ赤に茹《ゆ》だっていき、淫《みだ》らに歪《ゆが》みきっていく。

不意に、ユキノが両手をバタつかせた。口を塞ぐものを探しているようだったが、快楽の海で溺《おぼ》れているように見えた。彼女のまわりには、枕もバスタオルもなかった。発情の涙で潤《うる》みきった眼は、もうなにも見えていないに違いない。下半身が小刻みな痙攣《けいれん》を開始しているから、頭の中だって真っ白になっているはずだった。

「あううう——っ！　はぁうううう——っ！」

ユキノは汗まみれの喉を突きだして、喜悦に歪んだ叫び声をあげた。背中を弓なりに反らせ、ガクガク、ガクガク、と腰を震わせた。湿った黒髪を振り乱しながら、赤茶けた畳に爪を立てて掻き毟《むし》った。

声は確実に隣室まで届いたことだろう。

にもかかわらず、私は自分でも怖くなるくらいに冷静だった。ユキノが女の悦びを謳歌《おうか》すればするほど、頭の中がクリアになっていった。

気持ちが冷めていたというのとは、少し違う。私は私を狂わせた女の姿を、この眼にしっかりと焼きつけておきたかった。

大股開きの白い裸身を淫らなまでに痙攣させ、汗を飛ばしながら一心不乱に絶頂をむさぼるユキノの姿は、悪魔的な魅惑《みわく》を帯びて私を悩殺した。なるほど、狂ってしまってもしかたがないと、どこかで納得できるものだった。

5

翌日も雨は降りつづいていた。

東京に向かう便は午後一時発だったが、私たちは三時間も前の午前十時に空港に到着した。他に行くべきところも、するべきこともなかったからだ。

ユキノの機嫌は悪かった。雨のせいではない。

昨日の夜、舌と指だけで何度もイカせ、満足させて眠りにつかせたつもりだったが、朝眼を覚ますと、「どうして最後までしなかったんだよう」と恨《うら》みがましく言ってきた。私には返す言葉がなかった。

空港内にあるファミリーレストランのようなところに入ると、

「ワイン飲んでもいいかな？」

ユキノはぼんやりした顔で言ってきた。

自堕落《じだらく》の見本のような私と違い、彼女が明るいうちから酒を口にするのは珍しい。しかも、グラスではなくデキャンタで注文した。私はオリオンビールと泡盛の古酒《クースー》を頼んだ。ユキノに対抗したわけではなく、東京に帰ったら口にすることもないだろうと思ったので、つい欲張ってしまったのだ。

お互いに、しばらく黙って飲んでいた。

ついに話すこともなくなってしまったのかと内心で嘆いていると、

「終わり、ってことだよね？」

ユキノがポツリと言った。

「わたしたち、別れるのよね？」

「……そうだな」

私はうなずいた。別れ話を口にできないまま東京に戻ることになりそうだったが、ユキノは察してくれたらしい。旅行に来ても一度も体を重ねなければ、察して当然だったが……。

「ちょっと前から考えてた。ユキノはまだ若いんだ。いつまでも俺みたいなおっさんと付き合ってることはないよ」

「違うでしょ？」

口調は穏やかだったが、声には怒気が含まれていた。

「年とか関係なくて、ただ恋が終わっただけ……誰も悪くない。恋なんていつかは終わるものだから」

私は一瞬、呆気《あっけ》にとられた。若い彼女の達観に驚かされた。

「恋は終わったの。ゆうべ、胸が痛くなったから……」

「胸？」

「反省したって意味。あなたの家庭を壊して悪かったって……奥さんに悪いことしちゃったなあって……」

ユキノはグラスのワインを飲み干すと、あわてた様子で言葉を継いだ。

「もちろん、最初から悪いと思ってたよ。悪いことしてるって……でも、楽しいときに反省するのって難しいじゃない？　難しいのよ。夢中になってるときに反省したり後悔したりするのは……そう思わない？」

まなじりを決してしゃべっているユキノの瞳には、罪悪感や自己嫌悪などまったく浮かんでいなかった。それよりも、いままで知らなかった新しい感情、新しい気持ちの有り様を発見できたことに、昂《たか》ぶっているように見えた。

「……そうだな」

私はうなずき、泡盛を飲んだ。生《き》のままだったので喉が灼《や》け、続けざまにビールを口に運ぶ。

私は私で、反省などしていなかった。そういう次元はとっくに超えていた。それよりも、ユキノも自分に夢中になってくれていたことを、あらためて確認できて嬉しかった。反省するのが難しいほどあなたに夢中だった――これほどプライドをくすぐられる言葉を、私は他に知らない。

「反省なんかすることないさ。ユキノに反省は似合《にあ》わない。悪いのは俺だ。俺が悪かったんだ……」

ユキノは答えず、しばらくの間、遠い眼をしてワインを飲んでいた。やがて、手をあげてウエイトレスを呼び、タコライスを頼んだ。

「沖縄っぽいのは、もう見るのもいやなんじゃなかったのか？」

「でも、まあ……最後だし」

ユキノはひどく大人びた表情で言うと、それが照れくさかったのか、急に身を乗りだして声をひそめた。

「ゆうべはすごく興奮したよ」

私が眼を丸くすると、悪戯《いたずら》っぽく笑った。

「それだけは最後に言っておきたかった。めくるめくってこういうこと言うのね、って思った。声出せないってだけで、あんなに燃えちゃうなんてびっくり」

「反省してたんじゃなかったのか？」

「それもいい感じのスパイスになったのかも」

「悪い女だ」

眼を見合わせて笑い、お互いに酒を飲んだ。先ほどまできつく感じられた生の泡盛が、どういうわけか急に甘くなった。飛行機が飛びたつまでまだ少し時間があるから、じっくり味わって飲もうと思った。ユキノに倣《なら》い、締めの食事は沖縄そばにしようと決めた。

# 第二話　病める薔薇――ハルカ・二十四歳

## 1

ハルカと眼が合った瞬間、異変を察した。

波の上ビーチの近くにある老舗《しにせ》ステーキハウスの前で、私たちは待ち合わせをしていた。

十月下旬の午後六時、東京では木枯《こが》らしの季節で、日もとっぷりと暮れているだろうが、沖縄に吹く風はまだ生あたたかく、日没の時間も遅いからそれほどあたりは暗くなかった。

路上でぼんやりと立っていた私に向かって、ハルカはミュールの踵《かかと》をせわしなく鳴らしながら早足で歩いてきた。若草色の半袖《はんそで》ニットとピンクのミニスカートが、すらりとしたスタイルや風になびく栗色《くりいろ》の髪によく似合っていた。私服はこんな感じなのかと、私の頬はゆるんでいたはずだ。

しかし、どこか様子がおかしかった。眼鼻立ちのくっきりした小顔が色を失い、眉間《みけん》に皺を寄せた険《けわ》しい表情をしていた。私に近づいてきても視線を合わせることさえなく、「行くで」と小声で声をかけて早足のまま通りすぎた。

わけのわからないまま彼女に続こうとする私の視界に、彼女を追いかけてきた男たちの姿が飛びこんできた。三人いた。坊主や金髪やドレッドヘア、ブラック&グレイのタトゥーにジャラジャラしたゴールドチェーン——ひと目で禍々《まがまが》しい暴力の匂《にお》いを感知できた。

「振り返らんといて」

ハルカは小声で、けれども鋭く言い放つと、角を曲がるなり走りだした。ミュールでアスファルトを蹴《け》る甲高《かんだか》い音に急《せ》きたてられるようにして、私も走った。振り返らずとも、後ろにいる男たちが追ってくる気配を感じた。

那覇市内唯一の海水浴場である波の上ビーチは、市民や観光客の憩《いこ》いの場所である一方、付近にラブホテルやソープランドが林立している。

ハルカはラブホテルの前を通りがかっても入ろうとはせず、ミニスカートから伸びた小麦色の生脚に力をみなぎらせて走りつづけた。ラブホテルに隠れたほうがいいのではないか、と私は息を切らしながら思った。

そこがその日の最終目的地だったからだ。血のしたたる分厚いステーキでスタミナをつけてからのセックス——それが逆になるだけだった。にもかかわらず走るのをやめないなんて、ハルカの抱えているトラブルは相当に深刻なものだと考えるほかなかった。

## 2

私が沖縄県那覇市にマンションを借り、本格的に移住生活を開始したのは、二〇一一年の初夏だが、それ以前から、年に二、三度は那覇を訪れ、一週間から十日ほどを過ごしていた。

スギやヒノキの花粉から逃れることが最大の目的だったが、次第に沖縄そのものに魅《み》せられていき、花粉の飛ばない季節でも長逗留《ながとうりゅう》するようになった。

魅せられたと言っても、観光やマリンスポーツにはいっさい興味がなく、ウイークリーマンションの一室に閉じこもって原稿を書いている以外の時間は、もっぱら夜の街で飲んだくれ、様々な悪所に足を運んでいた。

私がハルカと知りあったのは、那覇から北に十五分ほどクルマを走らせたところにある、真栄原新町《まえはらしんまち》だった。

世界一危ない基地と悪名も高い、米軍の普天間《ふてんま》飛行場の近くにある、俗に「ちょんの間」と呼ばれる歓楽街だ。現在では警察と市民運動家たちによって「浄化」され、ゴーストタウン化してしまっているが、当時はまだ、百を超える非合法の売春宿が二十四時間営業し、大阪の飛田新地《とびたしんち》、横浜の黄金町《こがねちょう》と並ぶ、日本三大ちょんの間のひとつに数えられていた。

真栄原新町の特徴は、とにかく料金が安いことだった。十五分で五千円、それも手や口で抜くのではなく、いわゆる「本番」込みでだ。東京の常識ではちょっと考えられず、もはや激安を超えた価格破壊と言っていい。

景色も異様なところだった。コンクリート住宅が多い沖縄の街並みにはもともと異国のような趣《おもむ》きがあるが、真栄原新町の風景は焼け野原に急造された闇市さながらで、貧しさと欲望と金儲《かねもう》けと男女の体液の匂いが複雑に混じりあい、異国どころか異次元に迷いこんでしまったような妖気が漂っていた。

そこにいる娼婦《しょうふ》たちのノリも、東京のそれとはあきらかに違った。沖縄出身ではない女でもそうだった。女の魅力は人それぞれなので一概には言えないけれど、日陰の商売をしているくせに底抜けに明るかったり、そうかと思えば心に深い闇を抱《かか》えていそうだったり、私は娼婦に素性《すじょう》を問いただすような野暮《やぼ》な人間ではないつもりだが、好奇心や想像力をかきたてられた。

ハルカは真栄原新町の中でも指折りの美女だった。新町では女を直接見て相手を選べる。びっしりと軒を連ねた粗末な平屋造りの売春宿は、ドアや引き戸が開け放たれていて、中に女がちょこんと座っている。基本的に客引きはいないし、時折やり手婆《ばばあ》がいても、「どや？　どや？」としつこく袖《そで》を引いてくる、飛田新地のそれほど鬱陶《うっとう》しい存在ではない。

私は真栄原新町を訪ねるとまず、あたりをひとまわりして女を物色するようにしていた。ハルカ以上に美しい女を見たことがなかった。となれば当然、人気もすさまじいもので、最高で一日に三十人の男の相手をしたことがあると言っていた。ただし、彼女の場合、リピーターがほとんどいなかった。理由は簡単だ。サービスがお粗末《そまつ》なうえ、ノーリアクションなのだ。いくら顔立ちが美しくスタイル抜群でも、人形のように反応がない女を、再び抱こうと思う男は少ない。

私も最初、唖然とさせられた。

売春宿の入り口で客を待っているハルカと眼が合ったときは、体の芯《しん》に電流が走った気がした。こんな綺麗《きれい》な女が春をひさいでいていいものかと、戦慄《せんりつ》を覚えたほどだ。私は昼の明るいうちにしか女を買わない。どこの色街でも昼はすいているし、夜は酒を飲む時間だからだ。三十代半ばあたりから、飲むと中折れの確率が高くなったという理由もある。

殺人的と言いたくなるほど強すぎる盛夏の陽光が、容赦《ようしゃ》なく頭上から照りつけてくる日だった。光がまぶしければまぶしいほど、影は黒々と濃くなるもので、建物の中でちょこんと座っている女たちは、墨《すみ》を流しこんだような暗がりに沈んでいた。夜なら外が闇であり、女だけに光が照らされている。何割増しかで綺麗に見えるわけだが、真っ昼間では照明のマジックが使えない。にもかかわらず、暗がりで薄笑いを浮かべていたハルカは、誇張《こちょう》ではなく天使に見えた。年は二十四と言っていた。小顔で眼が大きく、美しさと儚《はかな》さが矛盾《むじゅん》なく同居しているその容姿は、どんな男の眼にもいい女と映るに違いない。

期待が大きかったぶん、個室でふたりきりになってからの落胆も大きかった。ハルカは見るからに安っぽい真っ赤なムームーを着ていて、面倒くさそうにそれを脱いだ。ブラジャーをしていなかったので、たわわに実った乳房がいきなり露わになり、私は生唾《なまつば》を呑みこんだ。パンティは白だった。営業用なのか、女子中学生が穿《は》いているような飾り気のない安物だった。

それに包まれたヒップもまた、逆ハート形の美しいフォルムをたたえて私を悩殺したが、ハルカは色気など一ミリも感じさせない乱暴な所作《しょさ》でパンティを脱ぐと、ベッドと呼ぶにはいささか無理がある、ベンチにタオルケットを敷いただけの場所に横たわり、小麦色の両脚を投げだした。

「自分でゴム着けてな」

コンドームは彼女の枕元に置かれていたが、手渡してくれることさえなかった。言葉に関西訛《なま》りがあったので、沖縄出身者ではないようだった。当時の新町で春をひさいでいる女は、県内出身者と県外出身者の数が半々と言われていた。

私はいそいそと服を脱ぐと、まだ完全に勃起《ぼっき》していないペニスにコンドームを被《かぶ》せた。装着しているうちに完全に勃起した。ハルカの裸身を横眼で見ていたからだ。顔立ちが天使なら、全体は細身なのに出るところはきっちり出ているスタイルはグラビアモデル級だった。態度がいささかぶっきらぼうでも、帳消《ちょうけ》しにできる扇情的《せんじょうてき》なヌードがそこにあった。

フェラチオはしてくれなかった。それどころか、こちらからの愛撫も拒むような雰囲気で、いきなり挿入することを求めてきた。もう濡れてるから大丈夫、と彼女の顔には書いてあった。欲情のようなものは伝わってこなかったので、ローションを塗《ぬ》っているのだろうと思った。

私はハルカの両脚の間に腰をすべりこませると、コンドームにぴっちりと包まれたペニスを握りしめ、先端を花園にあてがった。部屋が暗かったので、肝心《かんじん》な部分はよく見えなかった。気品すら感じる美貌《びぼう》に似合わず、彼女の草むらが驚くほどの剛毛《ごうもう》だったせいもある。

それでも私はひどく興奮していた。ハルカの素肌は小麦色だったが、それが生来の肌色ではなかった。乳房と股間——ビキニを着けていたであろう部分が真っ白だったからである。夏の思い出の日焼け跡だ。こんがり焼けた小麦色と生々しい白い肌のコントラストが、なんとも言えずエロティックだった。

私は息をとめて腰を前に送りだした。ハルカはやはりローションを使っているようで、よく濡れていた。濡れすぎているくらいだった。あまりにもすんなりと根元まで収まったので、私は呆気にとられた。

結合した実感がまるでなかった。ゆるいというレベルではなく、ぬかるみにペニスを沈めたような感じだった。毎日毎日、常軌《じょうき》を逸《いっ》した数のセックスをしていると、女の体はこうなってしまうものなのだろうか？

ハルカは顔をそむけていた。虚《うつ》ろな眼つきで、頬を若干ひきつらせていた。彼女には体を貫かれている感覚があるのかもしれなかった。ならば、と私は腰を使いはじめたけれど、いくら突いても結合感が強まることはなかった。

全身から汗が噴きだしてきた。三畳にも満たない狭苦しい個室に設置されたクーラーは古く、黴臭い冷気を弱々しく吐きだしているだけだったので、そもそもひどく蒸し暑かった。清潔感も皆無であり、下に敷かれたタオルケットは湿っぽかったし、青黒いシミだらけの壁にはいまにも黒い虫が這ってきそうだった。

劣悪な環境に負けじといくら突きあげても、ハルカは声ひとつ出さなかった。仕事で感じることなんてありませんとばかりに、涼しい顔でひっくり返った蛙《かえる》のような格好を不様《ぶざま》にさらしつづけた。

そんな女を相手に、刺激の少ないピストン運動を繰り返しているのは虚《むな》しい。次第に、汗まみれで腰を振っている自分が、たまらなく滑稽《こっけい》に思えてきた。なんというか、不潔な部屋で必死になって交尾している虫にでもなった気分で、泥酔《でいすい》しているわけでもないのに中折れしてしまったのである。

私にとって、それがもっとも真栄原新町らしいエピソードだ。みじめで貧乏くさくて安いだけが取り柄の、最下層の売春地帯。

彼《か》の地が「浄化」されてしまうのはそれから二、三年後のことだが、当時でも活気があるとはとても言えなかった。第二次世界大戦直後やヴェトナム戦争真っ盛りのころは米兵がこぞって押し寄せてきただろうし、バブルのころまでは沖縄の「裏」観光地として、内地からの客で賑《にぎ》わっていたとも聞く。

ウチナーンチュの男たちにとっても悲喜こもごもが入り乱れた思い出の場所であるはずなのに、私の見た新町は、時代に取り残され、地元住民からは「浄化」すべしと槍玉《やりだま》にあげられ、さらには不景気の波にまで揉みくちゃにされて、息も絶えだえな殺伐《さつばつ》とした場所だった。余命宣告を受けて死の恐怖に怯えている、重病人を彷彿とさせたくらいだ。

女の質を見れば一目瞭然だった。

売春婦にも種類がある。病んでいる女と、そうでない女だ。

敗戦後の焼け野原で生きていくために、体を売るしかなかった――そういう女たちが、病んでいるとは思えない。過酷すぎる運命とは裏腹に、生き様は健《すこ》やかにさえ感じられる。売春を生業《なりわい》にしたばかりに心身を壊してしまった女たちには同情するしかないが、生きるか死ぬかの局面で、道徳や倫理を問うても意味がない。悪いのは戦争なんか起こした社会に決まっている。

敗戦後まで時間を巻き戻さなくても、現在だって病まずにセックスワーカーをしている女はたくさんいるはずだ。あまり軽はずみなことは言いたくないが、リスクや責任を冷静にとらえ、クレバーに稼いでいる女たちが……。

しかし、身の丈《たけ》を超えた贅沢《ぜいたく》がしたいとか、男に貢《みつ》いで借金を背負ったとか、騙《だま》されて内地から売り飛ばされてきたとか、そうこうするうちに最下層の売春宿にしか居場所がなくなったとか――そういう女たちは病んでいる。

もちろん、それにしたって社会が悪いのかもしれない。世の中がまともじゃないのに、まともでなんかいられないと言われれば、返す言葉が見つからない。なにより、そういう場所に足を運ばずにいられない私の魂もまた、健康でもなければ純潔でもなかった。

私は結局、ハルカの中で射精できなかった。おそらく、よくあることなのだろう。よくあることに違いない。ハルカは気にもとめていない様子だった。よくあることでなかったのは、翌日も、そのまた翌日も、私が彼女の客になったことだろう。もっともセックスはせず、差し入れに持っていった缶ビールを一緒に飲んだだけだったが。

「あんたも変わっとるな」

ハルカの笑顔は乾いていた。色を残したまま水分を失い、ほんの少し風に吹かれただけで粉々に砕けてしまいそうな、深紅《しんく》の薔薇《ばら》の花みたいだった。

3

ラブホテルとソープランドが林立する薄暗い路地裏を、私とハルカは猫に追われる鼠《ねずみ》のように逃げまわった。ちょうど角から飛びだしてきたタクシーを、ハルカはボンネットに両手をついて停車させた。息を切らして乗りこみ、私もそれに続いた。

「首里《しゅり》」

ハルカは運転手に行き先を告げると、バッグから携帯電話を取りだした。小声で誰かと話していた。電話を切ると、すぐに電話が鳴った。ハルカは出ずに、着信音をオフにした。ヴァイブは振動しつづけていた。

首里に着いても、ハルカはタクシーから降りようとしなかった。尾行してくるクルマがないことを確認しつつ、別の行き先を告げた。あまりに何度も行き先を変えるので、運転手に怪訝《けげん》な顔をされた。

南風原《はえばる》、小禄《おろく》、名嘉地《なかち》――タクシーは真栄原新町のある北ではなく、南に向かっていた。ハルカはひっきりなしに電話の着信を確認し、自分からもどこかへかけていた。私はあえて聞き耳を立てなかった。売春宿の娼婦と客という関係で、立ち入るべきではないと考えたからだ。

加えて、そのときはまだ、事態をそれほど深刻に受けとめていなかった。やくざか半グレかわからないが、ハルカがよくない筋の人間に追われているのは確かなようだった。とはいえ、いったんは撒《ま》いたことだし、なにより、ハルカが別れようとしないことが、私の心に余裕をもたらしていた。一緒にいても大丈夫ということは、危険は去ったと考えていいはずだ。

彼女に出会ったのがその年の八月で、それから九月、十月と、三カ月続けて私は沖縄にやってきていた。

いつまでも夏が続きそうな亜熱帯の気候、沖縄料理や泡盛の味に魅せられていたこともあるけれど、来ればかならず真栄原新町に足を運んだ。じめじめした暗い個室でハルカと一緒に缶ビールを飲んだ。セックスは最初の一回しかしなかった。たいして話がはずんだ記憶もない。それでも私はこの三カ月間に十回ほどハルカに会いに行き、彼女はそれをごく自然に受け入れてくれた。

「なあ。あんた那覇のホテルに泊まってるんやろ？」

そう訊《たず》ねられたのは昨日のことだ。私はうなずいた。

「うち明日、那覇に行く用事があるんよ。よかったらごはん食べへん？」

娼婦からの店外デートの誘いに、私は驚いた。金がかかるのかと訊ねると、

「まさか。プライヴェートや」

ハルカは真顔で答えた。

「でも、ごはんはご馳走《ちそう》したってな。うち、女とごはん食べて女に財布出させるような男、大っ嫌いやねん」

私は笑顔でうなずいた。そして、できることなら、食事のあとラブホテルに行ってセックスがしたいと言った。

「なんでやねん。ここに来てもビール飲んでるだけなのに、なんでラブホでセックスやねん」

「すまない。いやならいいんだが……」

「いややないよ……いややないけど……」

恥ずかしそうにうつむくハルカの姿に、私の胸は高鳴った。彼女の抱き心地はすでに知っていた。決して素晴らしいものではないと思い知らされていた。それでも、彼女は美人だった。見た目だけならどんな男でも幻惑できそうな、こう言ってよければ暴力的なまでの美貌の持ち主だった。そんな女が露出度の高いムームー姿で側にいれば、欲望を感じないわけにはいかなかった。

だが、男には見栄《みえ》がある。一度格好をつけてしまうと本能のままに振る舞うのが照れくさくなってしまうものだし、また中折れで終わってしまったらどうしようという不安にも苛《さいな》まれて、切りだすことができないでいた。

滞在先の那覇から新町にやってくるときはいつだって、今日こそは抱かせてもらおう。中折れがなんだ。こっちは客なんだから、セックスする権利があるはずだと自分を鼓《こ》舞《ぶ》しているのだが……。

「いいじゃないか、金は払うから」

「プライヴェートや、言うとんねん」

金の受け取りは拒否しても、セックスそのものはＯＫのようだった。

「那覇にはごっつ豪華なラブホがあるんやってな。岩盤浴やらサウナやら付いてる……そういうとこ、行ってみたいな」

私はもちろん快諾《かいだく》した。十五分一本勝負の仕事ではなく、ムードづくりや前戯《ぜんぎ》にじっくりと時間をかけられるのであれば、抱き心地に変化があるかもしれないと期待した。

「そこが名嘉地の交差点さー」

運転手がフロントガラスの向こうを指差して言うと、ハルカはまたもや行き先を変更した。

「何度もごめんやけど、糸満《いとまん》まで行ったって」

名嘉地の交差点を越えると、不意に景色が変わったような気がした。那覇の街は、よくも悪くもゴチャゴチャとして落ち着きがないが、急に視界が開けて、サトウキビ畑が見えたりした。窓を開けると、田舎じみた長閑《のどか》な空気が流れこんできた。

糸満、という地名に私は記憶を刺激されていた。

東京で生まれ育った私が沖縄という土地を初めて意識したのは、中学生のときに観た『ひめゆりの塔』という映画だった。沖縄本島に上陸してきた米軍の圧倒的な戦力を前に、大日本帝国陸軍は那覇からの敗走を余儀《よぎ》なくされ、最南端の糸満で海に逃げ道を塞がれて全滅する。

全滅した軍隊と同じコースを逃げているなんて、あまり気持ちのいいものではなかった。糸満という地名が、忘れかけていた「逃げている」という意識を、私の中で蘇《よみがえ》らせた。

一九四五年、帝国陸軍の糸満への南進は死の行軍だった。梅雨時の土砂降りの雨の中、爆撃に脅かされながらただひたすらに南を目指す——兵士たちも、従軍していたひめゆり部隊の女生徒たちも、向かう先に活路があるとは思っていなかっただろう。

アメリカの戦艦は海の色が見えないくらいの大軍で、昼夜問わず艦砲射撃を繰り返し、防戦一方の持久戦に絶えきれず南進を決断した司令部は、独歩できない負傷兵を青酸カリで「処置」するような命令まで下したのである。

海際に追いつめられた帝国陸軍は結局、組織的戦闘の継続が不可能となり、ひめゆり部隊の女生徒たちにこう告げる。

「解散を命ずる」

満身創痍《そうい》で這うようにして糸満まで辿りついた女生徒たちは途方《とほう》に暮れ、映画を観ていた私は唖然とした。

北からは米軍が迫り、南は戦艦の浮かぶ海で、そう言われても行くところなんてどこにもないのだ。しかも、軍が南進するのに先立ち、本島南部には十万単位の民間人が疎開《そかい》していた。彼らを巻きこみ、防空壕《ぼうくうごう》であるガマから追いだすような狼藉《ろうぜき》まで働いた。軍の名の下にそれだけのことをやっておいて、「解散」とはすさまじい言い草だと思った。

4

糸満漁港の片隅にラブホテルが一軒、ポツンと建っていた。

その存在をハルカが知っていたのかどうかわからない。いい加減クルマに揺られているのにも飽きてきたところに、偶然看板を見つけただけのような気もしたが、とにかく私たちはタクシーを降りてそこに入った。

ハルカが望んでいたような、最新式の高級ラブホテルではなかった。安っぽいペンション風の簡素な部屋に巨大なベッドが押しこまれているだけのところだったが、新町の売春宿に比べれば、言うまでもなくはるかにマシだった。

私たちはやれやれとソファに腰をおろした。ラブホテルなのに、珍しく窓がついていた。窓から見える寂《さび》れた漁港を、夕焼けが茜色《あかねいろ》に染めていた。しばらくの間、ふたりとも黙《だま》って眺めていた。茜色が夜の闇に溶けてしまうと、窓の外は怖いくらいに真っ暗になり、私は急に不安にかられた。

「どうするつもりだい？　俺はさ、明日の昼の飛行機で東京に帰らなくちゃならないんだよね。朝まで付き合ってもかまわないが、その場合、七時ごろにはここを出たい……」

ハルカはそっぽを向いて立ちあがり、若草色の半袖ニットを脱いだ。脱ぎながら足を振ってミュールを床に放りだし、ミニスカートも脱いで下着姿になった。黒いレースのセクシーなランジェリーだった。たじろぐ私をよそに、ハルカは全裸になってバスルームに消えていった。

ひとりになると、私は急に空腹を覚えた。分厚いステーキにかぶりついてやろうと、その日は朝からなにも食べていなかった。目の前のテーブルにメニューらしきものが置いてあった。期待もせずに見たのだが、ちょっとした食堂ほどに充実していた。パスタやオムライスやラーメンのほか、チャンプルーなどの沖縄料理まで取りそろえている。デリバリーではなく、ホテルの厨房《ちゅうぼう》でつくって供してくれるようだった。

食事の心配がなくなると、いよいよ本格的にハルカの身を案じてやらなければならなかった。

彼女のバッグの中では、いまもしつこく携帯電話がヴァイブしつづけている。

関わらないほうがいい、というのはわかっていた。下手《へた》に顔を突っこんで、こちらにまで火の粉《こ》が降りかかってきたら、たまったものではない。

けれども、まったく手を差しのべないというのも、それはそれで冷徹すぎやしないだろうか？

私は私なりに、彼女と過ごした時間に愛着をもっていた。四十を過ぎて離婚をし、その原因になった愛人とも別れ、ともすれば虚空《こくう》にとりこまれてしまいそうだった私の心の支えだった――いささか言いすぎかもしれないが、あれから十年以上が過ぎた現在でも、その思いは胸の片隅に残っている。

べつになにをしてもらったわけでもない。ただ、ハルカと過ごした時間がなければ、もっと深く落ちこんでいただろう。

次に彼女と会えるときのことを考えて、私は東京での時間をやりすごしていた。

セックスもしないのに売春宿にやってくる珍妙な客を、ハルカは訝《いぶか》ったりからかったりせず、ごく自然に受けとめ、ダラダラした世間話に付き合ってくれた。言葉にはしなかったが感謝していた。そんな彼女と外でデートできることに、年甲《とし》斐《が》もなく胸を高鳴らせていたのも事実だ。

　シャワーを浴びた体にバスタオルを巻いて戻ってきたハルカは、私の横に腰をおろした。肩を並べて座ったのではなく、ソファの肘掛《ひじか》けに背中をもたれさせ、両脚を私の太腿の上に放りだした。珍しいことだった。ふて腐れた顔をしていたが、彼女なりの甘え方なのかもしれなかった。小麦色をしたなめらかな脚を、私はそっと撫でた。

「今日はゴムせんでええよ。プライヴェートやからな。ピル飲んどるし、中出しもOKや」

　彼女はこれからセックスするつもりのようだった。トラブルはいったん回避できた、と判断していいのだろうか？　そうであることを祈ったが、さすがに無言のまま彼女を抱くわけにはいかなかった。

「俺にできることはない？」

　なめらかな小麦色の脚を撫でながら訊ねた。

「これもなにかの縁だから、困っているなら相談に乗るよ。多少の金なら渡せるし、警察に付き添ってほしければそうしよう……」

ハルカは答えずに、バスタオルの前をはずした。そこだけが白い乳房と、野性的に茂った黒い草むらを露《あら》わにし、じっとこちらを見つめてきた。よけいな話はせんといて、と彼女の顔には書いてあった。大きな眼がまぶしげに細められ、黒い瞳が潤みだした。そんな誘うような表情を、売春宿では見たことがなかった。

「うち、嬉《うれ》しかったんよ……」

薔薇の花びらのような唇でささやいた。グロスを塗り直してきたらしく、妙にヌラヌラした光沢を放っていた。

「抱き心地悪いって……うちがマグロなの知ってるくせに、またエッチしたいって……お店じゃなくて、ラブホでエッチしたいって……自分で言うたことなんやから、ちゃんと実行してな……」

ささやくハルカの眼つきは、いつになく女を感じさせるものだった。私はまばたきも呼吸も忘れて彼女を見つめていた。視線と視線がからみあった。けれども、彼女の真意は、あなたの手助けなど必要ない、というものだった。

いや……。

私が売春宿の暗い個室で一緒に缶ビールを飲むという行為に救われたように、彼女もまた、仕事ではないセックスで救われたかったのかもしれない。愛でもなく恋でもない、ましてや金銭など介在しない、ただやすらぐだけの時間が欲しかったのだ。

胸が熱くなった。ハルカを抱き寄せようとしたとき、電話が鳴った。ホテルの固定電話だった。ハルカが取った。彼女のバッグの中の携帯電話は、いつの間にか振動するのをやめていた。嫌な予感がして、私は受話器に顔を近づけ、聞き耳を立てた。

——逃げられると思ったか？

男の声が聞こえてきた。

——ホテルはもう囲んでる。おまえは逃げられない。一時間だけ待ってやる。覚悟を決めて出てこい。

ハルカは電話を切った。私は驚愕《きょうがく》に眼を見開いて彼女を見たが、ハルカは私のことを決して見ようとしなかった。

# 5

ハルカに体を押され、ふたりでベッドに倒れこんだ。ハルカが抱きついてきたので、私も抱擁《ほうよう》に応えた。ハルカの裸身は震えていた。私もそうだったろう。私は腹の底から震えあがっていた。

こんなにも早く居場所を突きとめられるなんて、相手はどれだけ大きい組織なのだろう？　そして、そうまでしてハルカの身柄《みがら》を押さえたい理由は？

売春宿から逃げだそうとしていて捕まった、くらいのことならいい。いや、よくはないかもしれないが、そのとき私の脳裏に去来《きょらい》していたのは、もっと反社会的な、犯罪めいた事象だった。私が渡せる程度の金銭ではとても解決できない、堅気《かたぎ》の人間が想像もできないほど深い闇に、彼女は沈んでいるのではないか……。

「警察に……」

言いかけた私の口を、ハルカの手が塞いだ。

「もうおしゃべりはなしや。一時間しかないんよ……おかしなもんやな。いつもは十五分がえろう長く感じるのに、いまは一時間がごっつ短く感じる……」

私は言葉を返せなかった。ハルカから悲愴《ひそう》な決意が伝わってきたからだ。悲愴であるのに胸を熱くする不思議な感情を、彼女は私に惜しみなく向けてきた。ハルカは小刻《こきざ》みに震える指で、毟りとるように私のシャツを脱がし、ズボンをさげた。私のペニスは勃起していなかった。怖《お》じ気づいている私の心情を暴露するように、みじめに縮みあがっていた。

ハルカは栗色の長い髪を掻きあげて、それを口に含んだ。ねちっこく舌を動かして舐められると、私の男の器官は怖じ気づいていられなくなり、みるみる硬くなってハルカの薔薇色の唇をОの字にひろげた。

売春宿ではフェラチオする素振りさえ見せなかったのに、ハルカは鼻息を荒らげてしゃぶりあげてきた。上手《うま》いのか下手なのか、私にはわからなかった。伝わってきたのは、必死さだけだった。

彼女を孤独にしてはならない——私は奮い立った。痛いくらいに勃起したペニスを口唇から引き抜くと、ハルカの肩を抱き寄せて口づけをした。いままで自分のものを舐めまわしていた舌を、ねぎらうようにやさしく吸った。ハルカは薄眼を開けて私を見つめ、舌をからめあうほどに瞳《ひとみ》を濡らしていった。私は彼女の乳房をすくいあげ、やわやわと揉みしだいた。乳首に触れると、ビクッと身をこわばらせた。

敏感になっている、と私は内心で快哉《かいさい》をあげた。口づけを深めていきながら、やさしく乳首をいじりまわした。腕の中で身悶《みもだ》えているハルカは、売春宿で人形のように抱かれていたときとは別人だった。乳首をそっと口に含むと、鼻にかかった甘い声までもらしはじめた。

私はじっくりと時間をかけて愛撫した。女の反応のよさに気をよくして、焦ってしまうのは愚の骨頂だ。そう自戒《じかい》しながら指と舌を使った。ハルカの上に馬乗りになり、左右の乳房を揉みしだきながら先端をかわるがわる口に含んだ。舐めるほどに、吸うほどに、淫らに尖《とが》っていった。やがて小麦色の胸元から白い乳房にかけて、じっとりと汗ばんできた。甘い匂いがした。それもまた、欲情の証左に違いなかった。

私はハルカの甘い汗の匂《にお》いを嗅《か》ぎまわしながら、後退《あとずさ》っていった。両脚を大きくひろげ、その中心に顔を近づけた。シャワーを浴びたばかりのはずなのに、黒々と茂った草むらの奥から、メスの匂いが漂ってきた。芳しさに眩暈《めまい》を覚えた。胸いっぱいにそれを吸いこみながら、黒い草むらの奥を凝視《ぎょうし》した。部屋は間接照明でそれほど明るくなかったけれど、眼を凝らせば野性的な茂みの奥に咲いた赤い花が見えた。

秘めやかな部分のはずなのに、視線をはずせなくなる艶《あで》やかな姿をしていた。赤い花びらはよく濡れて、ローションなど使っていないことを証明するように、メスの匂いをむんむんと漂わせている。指を使って割りひろげると、幾重《いくえ》にも渦《うず》を巻いた肉ひだが熱く息づいていた。

私は舌を伸ばし、味わった。鶏冠《とさか》じみた感触の花びらを口に含んでしゃぶりまわすと、ハルカは背中を弓なりに反《そ》らせて声をあげた。つやつやと濡れ光る薄桃色の粘膜に舌を這わせれば、M字に開いた両脚を淫らがましく震わせて足指をぎゅっと丸めた。

私の舌は、ハルカの花と喜々として戯《たわむ》れた。包皮の下から恥ずかしげに顔を出したクリトリスをねちっこく舐め転がしながら、渦の奥まで舌先を差しこんでいった。

芳しい蜜が大量にあふれてきたことに興奮した。その一方で、舌のすべりがよくなるほどに、私の胸には暗色の不安がひろがっていった。否応《いやおう》なく、ぬかるみにペニスを沈めたような、ゆるい結合感が蘇ってきたからである。

しかし、今日のハルカは、十五分一本勝負のときとはまるで違う。甘い声だってもらしているし、紅潮した顔でハアハアと息をはずませている。私の愛撫に合わせて身をよじり、五体の至る所を反り返らせている。

感じているのだ。生身の女として性を謳歌しているのだ。その確信が、不安より期待を大きくふくらませた。

「もう欲しくなった……」

ハルカのほうから結合をねだってきた。私はうなずいて上体を起こし、彼女の両脚の間に腰をすべりこませた。

剝き身のペニスの切っ先を、濡れた花園にあてがった。狙《ねら》いを定めると、上体をハルカに覆《おお》い被せて抱きしめた。

至近距離で見つめあうと、眼の下を生々しいピンク色に染めたハルカの美貌に酔いしれずにはいられなかった。乱れた髪を直してやり、燃える頬を手のひらに包んだ。熱い口づけを交わしながら、ゆっくりと彼女の中に入っていった。コンドームを被せていないペニスで、ヌメヌメした粘膜の感触をむさぼった。伝わってくる潤《うるお》いと熱気に私は息を吞み、ハルカの髪の中にざっくりと指を入れた。唇だけではなく、頬や耳や首筋にも口づけの雨を降らせた。

ハルカもまた、ペニスを受け入れながら私の体をまさぐっていた。背中をさすり、二の腕をつかみ、根元まで埋めこむ直前には、指を交差させて手を握ってきた。汗ばんだ手のひらから、こみあげる欲情が伝わってきた。

そんな反応に比例して、肉穴の締まりが劇的によくなった——ということはなかった。けれども、彼女の体の奥でふつふつと煮えたぎっている熱気を、私は直《じか》に感じていた。むず痒《がゆ》く疼《うず》く快感にいてもたってもいられなくなり、腰を振りたてた。ハルカは甲高い声をあげ、力の限り私にしがみついてきた。私が送りこむリズムに乗って身をよじり、両脚を腰に巻きつけてきた。

お互いがお互いの体を、密着できる限界まで密着させていた。これがセックスだ、と私は熱狂した。彼女のヴァギナはたしかに人よりゆるかったけれど、愛しあえないほどの欠損を抱えていたわけではなかった。売春宿で体を重ねたとき、私はひとり孤独に腰を振っていた。いまは反応が返ってくる。虫の交尾ではなく、人間の男と女が、力を合わせて恍惚を分かちあおうとしている。

ハルカがあえぎながら薄眼を開けた。せつなげに眉根《まゆね》を寄せて見つめてきた。潤みすぎた黒い瞳から、涙の粒がこぼれた。悦びの涙なのか、哀しみの涙なのか、私にはわからなかった。どちらであってもおかしくなかった。ハルカの涙を舌で拭いながら、私自身もまた、目頭《めがしら》を熱くしていた。

快楽の光がまぶしくなっていくほどに、その裏に貼りついた黒い影が存在感を増していき、無視していることができなくなった。

一時間だけ待ってやる――電話で言い放った男の声が耳底でリフレインしはじめる。

一時間後、自分たちを取り巻く状況は、いったいどうなっているのだろう？　身の危険を感じたら、私はためらうことなく警察に通報するつもりだった。ハルカはそれを受け入れるだろうか？　彼女がもし、闇社会の男たちだけではなく、警察にも追われているとしたら？　あるいは、警察に保護されて困る事情を抱えているとしたら？

「いやっ……いやや……」

ハルカがいまにも泣きだしそうな顔で首を振った。力の限りしがみついた指で、背中を掻き毟ってきた。

爪が肉に食いこみ、皮膚を裂いた感覚があった。痛みは感じなかった。ガリガリと背中を掻き毟られる刺激はむしろ快感で、私を燃え狂わせた。息をとめて怒濤《どとう》の連打を打ちこむ私の腕の中で、ハルカもまた、激しいほどに燃え狂った。喉を突きだし、手脚をジタバタさせ、やがて、部屋中に響く甲高い声を放つと、五体の肉という肉を痙攣させて、オルガスムスに達した。

私は眼を見開いてハルカの顔を見つめていた。新町でいちばんの美貌が、くしゃくしゃに歪んでいた。その儚いまでに淫らな表情が、射精の引き金になった。壊れたオモチャのように震えているハルカの体を骨が軋《きし》むほど抱きしめて、男の精を放った。ぬかるみの中で灼熱《しゃくねつ》をぶちまけた。ハルカが再び、甲高い声を放つ。喜悦に歪んだその声が、私の耳底から電話の男の声を掻き消した。

## 6

一時間後──。

私は那覇に向かうタクシーの後部座席に、ひとりで座っていた。都会で生まれ育った私にとって、糸満の夜はナーバスな気分をさらに深く落ちこませるほど暗く、那覇の繁華街の灯りが見えてくると、安堵《あんど》などしたくないのにホッとしてしまった。

ハルカの中で欲望を爆発させた私は、射精後の気怠い気分の中、腹を括《くく》ろうとしていた。

やくざじみた連中が待ち構えていることがわかっていて、のこのこと出ていくなんて馬鹿馬鹿しい。ハルカがどう言おうが、ここは警察に通報する場面だった。やくざに追いこみをかけられていると泣きつけば、さすがにパトカーがやってくるだろう。なんなら人殺しをしましたと、物騒な嘘《うそ》をついたっていい。

その後のことは、その後のことだ。ふたりで力を合わせれば、どんなトラブルだって乗り越えていけるはずだと思った。たとえ相手が巨大な暴力組織でも、戦艦に囲まれて艦砲射撃を受けるわけではない。那覇から糸満に敗走し、全滅の憂《う》き目に遭《あ》った帝国陸軍のようにはならない。

セックスを終えても、私たちはぴったりと身を寄せあっていた。私はハルカの肩を抱き、ハルカは私の腕の中で胎児《たいじ》のように丸くなっていた。なんとも言えないやすらぎを感じた。たった一度恍惚を分かちあっただけで、心まで通じ合ったと自惚《うぬぼ》れられるほど、私は若くなかった。けれども、その萌芽《ほうが》のようなものは、たしかにあった。あったと思いたかった。

ハルカを離したくなかった。

これから先も、彼女と過ごす時間をもっと積みあげていきたかった。

ならば腹を括って、すべてを受けとめるべきだった。ハルカが沈んでいる闇がどれほど深いのか想像もつかなかったが、警察に通報しなければ、二度と会えなくなるかもしれない。次に真栄原新町に行っても、ハルカはもうそこにはいないかもしれないのだ。人に訊いても、そんな女は知らないと首を振られるばかり――不吉な予感がしてならなかった。

時計を見た。このホテルを囲んでいるという連中が言ってきたタイムリミットまで、あと十分ほどだった。のんびりしている暇《いとま》はなかった。

「全部、俺にまかせてくれないか？」

私は言い、ハルカの顔をのぞきこんだ。

「一緒にいたいんだ。キミを危ない目に遭わせたくもない」

ハルカは言葉を返さず、うなずきもしなかった。オルガスムスの余韻《よいん》がありありと残った顔で、ぼんやり見つめ返してきただけだった。

夢でも見ているような眼つきをしていた。覚悟を決めて鼻息を荒くしている私とは、ずいぶんと対照的だった。私は服を着るためにベッドから抜けだした。ハルカが私の言葉をリアルに受けとめられないなら、あとは行動あるのみだった。ハルカが服を着る前にトイレに向かった。

それが運命の分かれ道となった。

用を足し終えると、トイレの扉が開かなくなっていた。つっかえ棒をされたようだった。

「おいっ！　なにやってるんだ？　開けてくれっ！」

バンバンとドアを叩いて叫んでも、ハルカは声を返してくれなかった。部屋を出ていく気配だけが、ドアの向こうから伝わってきた。

用を足すためだけの狭い個室で、私は天を仰いだ。

あまりにも身勝手で傲慢《ごうまん》な判断だったろうか？　警察に通報すれば、ハルカ自身が罪に問われる可能性もあるかもしれなかったのに……。

頭を抱えて便器に座り、ひと晩中でも後悔しようとしていた私は、けれども意外なほど早く解放された。おそらく十分ほどしか経っていない。開けられたドアの前にいたのは、作業服姿のホテルの従業員だった。ゆうに七十を超えていそうな老人で、焦げ茶色の顔中に石に刻みこまれたような皺があった。

「連れの女はどうしました？」

訊ねても、なにも答えずに部屋から出ていった。眼も合わせなかった。私は全裸だったので、追いかけることができなかった。

「警察に通報しますよっ！」

背中に向かって叫んでも無視された。外を囲んでいた連中とこのホテルが繋がっているのではないか、と私は疑った。ここにいることをすぐに嗅ぎつけられたからくりも、それなら説明がつく。もちろん真相はわからない。ただ、ホテルと闇社会がツーカーであったとすれば、チンピラやくざの類《たぐ》いが部屋のドアを開けた可能性もあったわけで、私は助けられたのだ。ハルカに……。

ホテルを出ると、視界も覚束《おぼつか》ないほどの黒い夜が私を待ち構えていた。昂ぶる感情に熱く火照《ほて》っていた頬は、吹きすさぶ海風のおかげであっという間に冷たくなった。どこへ行けばタクシーが拾えるのかもわからないまま、井戸の底のような深い闇に向かってとぼとぼと歩きだすしかなかった。

そうやって、私とハルカは「解散」した。

その後、何度か真栄原新町に足を運んだが、ハルカを見つけることはできなかった。売春宿の人間に訊ねても、不吉な予感通りの反応しか返ってこなかった。私はハルカと二度と会うことがなく、再会する望みも糸満の黒い夜に沈めてしまうしかなかった。それが現実だった。やがて新町そのものも「浄化」され、病んだ女たちは生きる場所をひとつ失った。

# 第三話　目隠しの夜——レイコ・三十四歳

## 1

私が沖縄移住を決断した最大の理由は、夜の街だった。

沖縄料理や泡盛は口に合ったし、ウチナーンチュの女はいろいろな意味で魅力的だったが、なによりもあの暑さがよかった。夏の盛りはとくにそうで、夜になっても気温が下がらず、湿度の高さはお湯に浸《つ》かっているかのよう。そんなところで正体を失う寸前まで酔っていると、自分と世界の境界が曖昧《あいまい》になっていき、自意識が溶けていくような感覚に陥《おちい》る。

ドラッグでの酩酊《めいてい》状態を指す隠語に倣《なら》い、「キマッている」とでも言えばいいだろうか？

東京では、そうはならない。東京にある沖縄料理屋で泡盛を飲んだところで、酔い方が違う。気候が違うからである。

沖縄に住んでいた十年間、私は本当によく飲んだ。原稿も同業者がのけぞるくらい大量に書いていたはずだが、それ以上に飲みまくり、書斎にいる時間より、夜の街にいる時間のほうが長かった。

そんな生活をしていると、自然にできるのが馴染《なじ》みの店だ。

せっかく知らない街に移住したのだから、面白そうな店に片っ端から飛びこんでみるべきだ、という考え方もあるだろう。実際、私も常に新たな店を開拓しようと奮闘努力していたわけだが、そういうときにも頼りになるのが馴染みの店であり、気の合う酒場の人間なのである。

これから記す店を教えてくれたのは、松山のバーテンダーだ。

松山というのは那覇でいちばんの歓楽街であり、家族サービスが生き甲斐だったり、品行方正なタイプの人間が足を踏み入れることは、まずない。キャバクラ、ラウンジ、スナック等々が幅をきかせ、おっぱいパブ、メンズ性感、洗体エステなど、風俗系の店も各種取り揃《そろ》っているピンクゾーンだからである。

普通の飲食店もあるにはあるが、そういう土地柄ゆえ、ホステスとの同伴客に狙いを定めたしっぽりムードのイタリアンや、仕事を終えた風俗嬢が憂さ晴らしに訪れるカラオケスナックなど、一風変わった店が多い。

私が馴染みにしていたのは、界隈では珍しいオーセンティックなバーだった。内装に贅が尽くされ、東京の店にも負けないくらいモルトが揃っていたりするのだが、私はもっぱら、夜の街の情報収集に役立てていた。そのバーテンダーが私などが及びもつかないほどの酒豪にして食通であり、風俗遊びをこよなく愛する女好きであったからだ。

「エロ系の文章を書いてるなら、行ってみるのも面白いかもしれませんよ。この店のすぐ裏です。雑居ビルの五階のいちばん奥で、看板も出てないから、入っていくのがちょっと怖いですけどね」

「へええ、どんなところ？」

「SMバーなんです」

私は一瞬、呆気にとられた。那覇とSMがうまく結びつかなかったからだ。亜熱帯気候の南国に、変態性欲は似合わない。偏見かもしれないが、汗のとまらない熱帯夜のセックスは、獣《けだもの》のようにお互いをむさぼりあうことこそが相応しく、縄だの鞭《むち》だの蠟燭《ろうそく》などは、無用なものに思える。

「あんまり興味ないですか、ＳＭ？」

「いや……」

そういうわけではなかった。私はＳＭをテーマにした小説を数冊上梓《じょうし》しているし、その手の店で遊んだことがないわけではない。ただ、本格的にプレイにのめり込んだことは一度もない。

根本的に、ＳＭ小説を書きたいという欲望と、ＳＭプレイに淫したいという欲望は、別物のような気がする。もちろん、実際にプレイした恍惚を原稿に反映させている作家もいるだろうが、私の場合、ＳＭに関しては活字や映像で接しているだけで充分だった。

だから、もしその話を聞いたのが新宿あたりのバーだったなら、興味をもつこともなかっただろう。那覇とＳＭという組み合わせの意外性に好奇心をくすぐられ、ちょっとのぞいてみようか、という気になったのである。

## 2

那覇でいちばんの歓楽街とはいえ、表通りから一本入ると急に暗くなるのが沖縄だ。空気に墨でも混じっているのではないかという夜の深さはもはや、暗いというより黒いに近く、しかも八月だったのでうだるような暑さだった。

すぐ裏だと言われてはタクシーを使う気にもなれず、けれどもたった三分ほど歩いただけでシャツがたっぷりと汗を吸いこみ、体内のアルコールは蒸発して、もう少しでSMなんてどうでもよくなりそうだった。

目当ての雑居ビルは呆れるほど古い建物で、壁のコンクリートがところどころ剝《は》げていた。夜でもそれがわかったくらいだから、昼間に見たらさぞやみすぼらしい姿をしていることだろう。エレベータは異常に狭くて動きが遅く、廊下の蛍光灯は切れかけてチカチカ点滅していた。SMではなく、肝試《きもだめ》しや怪談をテーマにしたバーでもやれば繁盛するかもしれない、と苦笑したことを覚えている。

五階でエレベータをおりると、バーテンダーに教わった通り、いちばん奥の扉を目指した。重厚な木製の扉の上に、ナンバープレートくらいの小型看板が設置されていた。店名は書かれていなかったが、白く発光していた。あとから知ったことだが、それが由来となり、その店は「シルー」と呼ばれているらしい。沖縄の方言で白、ホワイトの意味である。

ノックをしても反応がなかったので、ドアノブをつかんだ。鍵はかかっておらず、重厚な扉はあっさりと開いた。

店内は拍子抜けするほど普通だった。カウンター席が五つ、ボックス席が三つ。那覇のスナックではよく見かける造りで、蠟燭が灯った妖しい雰囲気もなければ、ボンデージガールが店内を闊歩《かっぽ》していることもなく、店員はカウンターの中にいる三十代と思しき男がひとりだけだった。

客はカウンターに女がひとり、ボックス席にカップルがふた組。サルサが軽快に流れていたが、店内にふたつあるモニターに音声オフで映っているのは白人のレズビアンによるＳＭプレイだった。

それ以外にここがＳＭバーであるアイコンは見当たらず、私はいささか鼻白《はなじろ》んだ気分でカウンター席に腰をおろした。派手なアロハシャツを着た店員が、システムを説明してくれた。

泡盛、ウイスキー、発泡酒が飲み放題で、一時間五千円――泡盛もウイスキーも廉価品《れんかひん》に決まっているから、安くはない。ＳＭバーとしての仕掛けがモニターの映像だけなら、割高感は否めない。

薄くつくってもらった泡盛の水割りをチビチビと飲みながら、私はすっかり所在をなくしていた。その店を紹介してくれたバーテンダーのアンテナは、信用に足りるものだった。おでん屋であろうが性感マッサージであろうが、いままで彼の推薦《すいせん》してくれた店で落胆したことは一度もない。人を担《かつ》いで喜ぶようなタイプではなく、きわめて誠実な美食家であり、好色漢なのだ。

もしかするとこの店は、日によっては過激なＳＭショーが開催されるのかもしれなかった。彼が訪れたときにはそういうイベントなりハプニングなりがあって、今日はない――そういうことなのだろうか？

「隣、よろしいですか？」

声をかけられ、ハッと我に返った。先客の女だった。ふた席ほど空けて座ったのだが、話がしたいらしい。断るのも野暮だが、警戒しなければならなかった。こちらは若い美男子でもなければ、身なりに金をかけた紳士でもない。酒場で自分から近づいてきた女には、ろくな思い出がない。

彼女が美人だったことが、なおさら警戒心を強めた。年は三十前後だろうか。いい大人にもかかわらずお嬢様という言葉が脳裏をよぎっていったほど、育ちのよさが容姿に表れていた。色白の細面に、黒目がちな眼。長い睫毛が重そうで、肩にかかったロングヘアも艶《つや》のある黒。

体つきは、とても華奢《きゃしゃ》だった。この暑いのに、タイトスーツを着ていた。色は淡いベージュで、素材は麻だろう。銀行に投資の相談に行ったら、分厚いファイルを持って出てきそうなタイプである。

「このお店は初めてですか？」

「ええ、まあ」

「わたしは三回目」

「SMバーって聞いたんだけど、なんかイメージと違いました」

私が苦笑まじりに言うと、彼女は不思議そうに眼を丸くした。

「イメージって？」

「もっとおどろおどろしいところなのかと……女王様が鞭を振るっていたり……」

「それは……」

彼女は笑った。失笑、という感じだった。

「ちょっと主旨が違いますよね。ここは同好の士が出会うための場でしょ」

なるほど、と私はようやく合点《がてん》がいった。当時はまだ、マッチングアプリが世を席巻《せっけん》していなかったし、相席《あいせき》居酒屋の類いもマイナーな存在だった。街場で男女が出会うとしたら、ナンパしかなかった。ましてやSMのパートナーともなれば、アンダーグラウンドのサークルに所属したり、ネットを通じて根気強く相手を探さなければならなかった。

「わたし、今晩空いてるんです」

彼女は直球で誘ってきた。

「明日には東京に帰っちゃうんですけど……もしよろしかったら、ご一緒しません?」

「SMプレイを、ですか?」

「ええ」

彼女はにっこりと微笑《ほほえ》んだ。如才《じょさい》ない営業スマイルだった。ますます投資をもちかけてくる銀行員のような気がしてきて、私は緊張した。ここは銀行ではなく、夜の街なのだ。

「……お金がかかるのかな?」

「まさか」

私は戸惑《とまど》いを隠せなかった。初対面の女に、いきなりSMプレイに誘われたのは、後にも先にもこのときだけだ。しかも、変態性欲者とはとても思えない、淑女《しゅくじょ》と言っていいタイプなのである。この女がSM? 金目当ての罠《わな》だろうか?

安い犯罪に手を染めるにしてはいささかいい女すぎるから、身ぐるみ剝ぐような美人局《つつもたせ》か？

「申し訳ありません」

私はできるだけ丁寧に断った。

「若いころ、好奇心にまかせてＳＭクラブに行ったことはあるんですが、プレイの経験はそれくらいで……とてもお相手する自信がありませんよ」

「大丈夫です」

彼女の顔から笑みは消えなかった。

「わたしこう見えて、ミストレスですから……」

ミストレスというのは女主人、ＳＭ業界で女王様を指す言葉である。

「しっかり調教してあげますので、安心してください」

きっぱりとそう言い放った彼女を、私はどんな顔をして見ていただろう？　闇夜に幽霊と出くわし、その幽霊が見たこともないような絶世の美女で、恐怖も忘れて見とれてしまった——おそらくそんな感じだったはずだ。

## 3

南国にＳＭプレイは似合わないという考えはそのときもいまも変わらないが、何事にも例外はある。

私が彼女の誘いを受けた最大の理由は、同行を求められた投宿先が那覇でいちばん格式の高いホテルだったからだ。戦後のアメリカ統治時代には「沖縄鹿鳴館」と呼ばれていたという歴史あるホテルである。

波の上ビーチあたりのラブホテルならともかく、そういうところならえげつない美人局に遭うこともないだろうと判断した。

彼女はミストレスであり、調教してくれるという。私はマゾヒストではなかったし、金を払って足蹴《あしげ》にされるのなんてまっぴらごめんだったが、今夜のような経緯なら、身をまかせてみるのも面白そうだった。なにより、淑《しと》やかな彼女がミストレスに変貌するところが見たかった。

部屋は広々としたツインルームだった。豪華と言えば豪華だったが、荷物の類いが見当たらず、人が泊まっている気配がしなかった。

「そういえば、まだ名前をうかがってませんでしたね」

「レイコ、ってことにしておきましょうか」

もちろん偽名ですけど、というニュアンスで彼女は答えた。

「素性を明かすことはいっさいできませんが、歳は三十四です」

「なるほど。私は田中」

こちらも偽名で返した。

「それじゃあ、田中さん……ここまで来ていただいてから切りだすのはちょっとアンフェアかもしれませんが、実はひとつ、条件があるんです……」

「条件？」

私は眉をひそめた。

「プレイをこれで撮らせてください」

レイコはクローゼットの扉を開け、三脚にセットされたビデオカメラを持ちだしてきた。

「さすがにそれは……」

私は苦《にが》りきった顔になった。

「そういう話なら、帰らせてもらったほうがいいな」

「ネットなんかに流出する心配はない、とお約束できます。だって、わたしも一緒に映っているんですから。それに、これで顔を隠していただければ……」

レイコが手にしていたのは、黒いアイマスクだった。セロファンの袋に入っているから、新品らしい。

私は踵《きびす》を返すべきかどうか、迷った。顔を隠したところで、醜態《しゅうたい》を記録されるのはどう考えてもリスキーだ。

とはいえ、こちらは官能小説家。組織に属しているわけではないし、家族だっていない。強請《ゆす》りなど成立しようもなく、SMプレイが表沙汰《おもてざた》になったところで、笑い話のレパートリーがひとつ増えるだけだ。

とはいえ、どんな罠が張り巡らされているかわからないから、油断することはできなかった。こちらの視界を奪っている隙に財布を盗むとか――レイコはそんなレベルの低い犯罪が似合わない女に見えるし、盗まれたところでこのホテルに一泊する程度の現金しか入っていないが……。

「私なら撮影をOKしそうという予感でもあったのかな？」

私は渋面《じゅうめん》で訊ねた。

「勘は鋭いほうなんです」

「撮影の目的は？」

「信じてもらえないかもしれませんが……」

レイコはまっすぐに私の眼を見て答えた。

「恋人に求められたんです。おまえが他の男をよがらせているところを見てみたいって」

私は彼女から視線をはずした。話が込みいってきた。踵を返したほうがいい、と頭ではわかっていたが、好奇心がそれを許してくれない。

「座っても？」

ひとり掛けのソファを指差して訊ねた。

「どうぞ」

レイコがうなずいたので、私は腰をおろした。レイコは立ったままだった。

「ずいぶんと変わった趣味の方ですね。寝取られ願望ってことになるのかな？しかも、自分の女が誰かに抱かれているところじゃなく、男をよがらせているところを見たいなんて……なかなかに屈折している」

「誰だって多かれ少なかれ、変わったところがあるものでしょう？　性癖なんて」

「私にもそのビデオのコピーを渡してもらえるのかな？」

「それはできません」

「あなたの素性を明かしてもらうことも、そのうえで絶対に流出させないと一筆書いていただくことも、できないんでしょうね？」

「そうですね」

「それじゃあ、あまりにもこちらに分が悪い」

私は力なく首を振った。

「その点に関しては、信用してくださいとしか言い様がありません。ただ……分が悪いかどうかは、まだわからないでしょう？」

レイコは上着のボタンをはずしはじめた。ボタンをつまんだ指がやけに印象に残っている。色が白く、皺は目立たず、ピアニストのように細長くて、爪にはシックなグレージュネイルが施《ほどこ》されていた。

レイコはスーツの上着、ブラウス、スカートの順に脱いでいき、セクシーなランジェリー姿になった。ブラジャーとパンティは、エメラルドグリーンというかターコイズブルーというか、沖縄の海の色によく似ていた。眼に鮮《あざ》やかな色合いでも、水着のようには見えなかった。レースを多用しているのでところどころ素肌を透かせているし、まだストッキングも着けたままだったからだ。

私はまばたきも呼吸も忘れて凝視した。着衣のときは華奢に見えたし、肩幅なども狭いのだが、出るところはきちんと出ている。グラマーなのに着痩《きや》せしていた、というのも少し違う。全体的にはスレンダーなのに、バストやヒップの立体感がすごかったのだ。乳房は形よく前に迫りだし、果実のような尻の丸さがセクシャルだった。そのくせ、ウエストは驚くほど引き締まって、スタイルにメリハリをつけている。

極上のボディだった。

レイコは黙ってこちらを見つめている。黙っていても、言いたいことは伝わってくる。分が悪いなんて言わせない。多少のリスクをとっても、この体なら戯《たわむ》れる価値があるんじゃないかしら？

なるほど、その通りなのかもしれなかった。彼女がスカートを脱いだ時点で、私の体は全身の血液が沸騰《ふっとう》しているかのように熱くなり、三秒後には痛いくらいに勃起していた。

「どうすればいいですか？」

私はソファから立ちあがり、両手をひろげて訊ねた。レイコは、私の股間のふくらみをチラッと見てから言った。

「条件を呑んでいただけるんですね？」

「その気になれば、隠し撮りだってできたはずですからね。まあ、信用しましょう」

「ありがとうございます」

「ただ、経験がないのは本当なんです。ハードなやつはちょっと……縄とか鞭とか蠟燭とかは勘弁してもらえますか」

「わかりました。ごくソフトなプレイにします。下着だけになってください」

私はうなずき、シャツを脱ごうとした。絞れそうなほど汗を含んでいたので、この状態でプレイに臨《のぞ》むのはさすがにマナー違反な気がした。

「先にシャワーを浴びてきましょう」

バスルームに向かおうとしたが、

「そのままで構いません」

レイコは首を横に振って制した。

「汗くさいですよ」

私が苦笑まじりに言っても、レイコはニコリともせず、なにも答えなかった。

黙って脱げ、ということらしい。

私はブリーフ一枚になった。前が大きくふくらんでいたが、いい歳をして恥ずかしがってはよけいに恥ずかしい。顔をこわばらせて立ちすくんでいると、レイコが正面から身を寄せてきた。ビデオカメラの電源はまだ入っていない。レイコは私の首に両腕をまわし、唇を重ねてきた。

「ぅんんっ……」

ねっとりと舌をからめあい、吸いあった。レイコはそうしながら私の体をまさぐり、私にもまさぐるようにうながしてきた。私は彼女の背中を撫でた。贅肉などまったくついておらず、腰のくびれはしなやかで、そこからヒップへと急激に盛りあがっていく隆起が、身震いを誘うほど艶めかしかった。

パンティはTバック。ふたつの尻丘を包んでいるのは、ストッキングの極薄ナイロン一枚だけ。ざらついた触り心地もエロティックで、思わず何度も手のひらを這わせてしまう。

執拗に撫でまわし、隆起に指を食いこませても、レイコは拒んでこなかった。イメージしていたSMプレイとまるで違ったので、私は興奮しつつも戸惑っていた。ミストレスを名乗っているからには、彼女はサディスティックな女王様でこちらは奴隷《どれい》だろう。なのに、舌をからめあいながら私を見ている黒眼がちな眼は潤んで、うっとりとした表情をしている。調教してあげると大見得を切ったわりには、やっていることがいささかノーマルすぎるのではないか？

ただ、極上なのはエメラルドグリーンの下着に飾られたボディだけではなかった。間近で見れば見るほど、彼女の顔は美しく整っていた。そのくせ、驚くほど生々しく欲情が伝わってくる。眼の下をピンク色に上気させた表情がいやらしすぎて、窮屈《きゅうくつ》なブリーフの中で勃起しきった男根が悲鳴をあげはじめる。

レイコが腰を折った。私の乳首を舌で刺激するためだった。舌先を卑猥《ひわい》なくらい尖らせて、下からすくいあげるように舐めてきた。乳首を舐められるのは嫌いではないが、これほど興奮したのは初めてかもしれなかった。舌を伸ばしたレイコの顔が、正視することをためらってしまうくらい淫らだったせいである。

左右の乳首が唾液にまみれるころには、私の呼吸はすっかり荒くなっていた。

レイコがブリーフをめくりさげた。そそり勃った男根が窮屈さから解放され、唸りをあげて反り返った。ただそれだけで、私はのけぞって首に筋を浮かべた。

「あとはまかせてください」

レイコは私の眼を見てささやくと、黒いアイマスクをセロファンの袋から取りだし、渡してきた。それを着けた私は、なにも見えなくなった恐怖にすくみあがった。真っ暗闇の中、レイコの声が聞こえてきた。

「撮影を開始します。これからあなたは、わたしのリードに従って動くこと。自分からはなにもしないこと。いい？　それじゃあ、気をつけ！」

4

ビデオカメラがスイッチオンになった緊張感より、アイマスクで顔を隠しているという一抹《いちまつ》の安心感より、視界が真っ暗になった恐怖のほうがはるかに大きかった。

アイマスクなんてどうということもないだろうと、甘く考えていた。眼が見えないというのはこれほど恐ろしいことなのかと、思い知らされた感じだった。視界を奪われた状態に加え、全裸で立たされていることにも激しく不安をかきたてられる。

レイコはなかなか触れてこなかった。声もかけてこない。私は神経を研《と》ぎ澄《す》まして、気配を探った。たしかに側にいるようだが、先の展開がまるで読めない。

恐怖と不安に私の体は硬直し、小刻みに震えだした。

「どうしちゃったの、ぷるぷる震えて？」

嘲笑《あざわら》うかのように、レイコは言った。口調が完全に変わっていた。アイマスクがもたらす真っ暗闇の中に、妖《あや》しく眼を輝かせている彼女の顔が見えた気がした。

「どこを触ってほしい？」

私は答えられなかった。

「いまビクンッて跳ねたところかしら？　意外に立派なサイズで、元気がいいのね。いじめ甲斐がありそう」

レイコの言葉により、私の意識は屹立《きつりつ》した男根に集中していった。反り返った肉の棒に、はっきりと視線を感じた。

熱を帯びた視線だった。ツツーッ、と首筋に汗が流れていく。部屋は涼しすぎるくらいクーラーが効いているのに、男根に感じている熱気がみるみる全身に波及していき、汗が噴きだしてきた。

左の乳首に触れられ、私はビクッとした。自分でも恥ずかしくなるくらい、大げさな反応だった。レイコはクスクスと笑いながら、右の乳首にも触れてきた。ただの指ではなかった。おそらく爪だ。少し硬い。

コチョコチョとくすぐられ、私は身をよじった。乳首が勃っているようだった。彼女の美しい指先が脳裏に蘇ってくる。色が白く、ピアニストのように細長くて、爪にはシックなグレージュネイル……。

「くううっ！」

その爪が、触るか触らないかのフェザータッチで、胸から脇腹にかけて這いまわった。臍《へそ》のまわりや太腿までくすぐられると、私は情けなく腰を引いた。こんなところをビデオに収められていると思うと、顔から火が出そうだった。

ミストレスだの調教だのと言っているわりには、レイコは手足の自由を奪ってきたわけでもないし、グロテスクな小道具を使っているわけでもない。堂々と愛撫を受けて立てばいいのに、視界を奪われているせいでひどく弱気になってしまう。

加えて、瞼《まぶた》の裏に焼きついているレイコの下着姿だ。顔もスタイルも極上で、こんな成り行きでもなければ触れることが許されないような美女だった。その残像が、私を卑屈《ひくつ》にする。いい歳をして全裸でペニスをおっ勃て、気をつけをしているみじめさに、素肌がチリチリと焦《こ》げるようだ。

「あああっ！」

私は声をあげてしまった。男根を刺激されたからだ。といっても、つかまれたわけでも、握られたわけでもない。

レイコはおそらく手筒をつくり、男根から一、二ミリ離して、しごくように動かしていた。つまり、ほとんど触れられていないわけだが、気配だけで身をよじりたくなる。時折男根が跳ねたり、レイコが軌道を誤ったりして直接触れられると、叫び声をあげてしまいそうになる。

「いいのよ、声を出しても」

レイコが耳元でささやいた。言葉とともに生温かい吐息が耳底に流れこんできて、私はぶるっと身震いした。

「聞かせてよ、ほら、女みたいな声」

そう言われても、素直に声など出せなかった。私は男であり、セックスのときに声など出さない。せいぜい射精のときにうめく程度だ。

だがいまは、声をあげたい衝動が、たしかにある。女を真似《まね》たあえぎ声が、喉元までこみあげてきている。もちろん、歯を食いしばってこらえているが、自分の中にそんな衝動が眠っていたことに驚愕するしかない。

「どうしたの？　声を出さないの？」

レイコが指を躍らせる。最初に感じたのは気配だけだが、男根を包むようにしていた五本の指が、下のほうにまわってきた。すっかり迫りあがった睾丸《こうがん》を、フェザータッチでくすぐられた。なんとか声はこらえたものの、男根は臍を叩く勢いで反り返り、釣りあげられたばかりの魚のようにビクビクと跳ねていた。十代や二十代ではないのだから、まさか本当に臍を叩くことはないはずだが、体感ではそうだった。

「ふふっ、声を出さないで、こっちを出したのね。すごいお漏らし」

指が亀頭の先端に触れ、離れた。我慢汁がねっちょりと糸を引いたのが、見えなくてもわかった。続いて、男根の中でもとりわけ敏感なカリのくびれに、ツツーッとなにかが垂れてきた。思わず腰を引いてしまいそうになった。唾液だろう。レイコが赤い唇からそれを垂らしているところを想像すると、いても立ってもいられなくなり、地団駄《じだんだ》を踏んでしまいそうだった。

「……っ！」

唾液でヌルヌルになった男根を、しごかれた。今度は気配だけではなく、軽く握られていた。唾液なのか、あるいは我慢汁を漏らしすぎたのか、包皮の中に流れこんできて、ニチャニチャと恥ずかしい音をたてる。

私は燃えるように顔を熱くして、荒々しく呼吸をしながら身をよじった。経験したことがないほどの、激しい眩暈《めまい》に襲われていた。両脚がガクガクと震えだし、立っているのがしんどかった。なにかつかまるものが欲しくて、見えない中で手を泳がせると、

「ダメよ、勝手なことしちゃ」

ピシッ、と手の甲を叩かれた。

「気をつけをしなさい。気をつけ！」

犬のように命じられても、私には従うことしかできなかった。すさまじい羞恥と屈辱を味わいつつも、プレイを中断するという選択肢はなかった。

私は興奮しきっていた。普通のセックスでは味わったことのない、異常な興奮だった。それを最後まで味わい尽《つ》くしたいと願うのは、好奇心を超えた根源的な欲求だった。

だが、眩暈と脚の震えで立っていられないことも事実だったので、

「すっ、すいませんっ！」

私は上ずった声をあげた。

「たっ、立っているのがつらくて……そろそろベッドに……いや、せめてなにかつかまるものを……」

「ダメに決まってるでしょう！」

一喝《いっかつ》された。

「わたしこれから、オチンチン舐めてあげようとしてたのよ。シャワーも浴びてないくっさーいオチンチンをしゃぶりまわしてあげようと思ってたのに……どうしてそんなわがまま言って困らせるわけ？」

「……すっ、すいません」

私は身をすくめて謝《あやま》るしかなかった。情けなく背中を丸めていたが、フェラチオを予告された男根だけは隆々と反り返っていた。

5

結局、フェラチオはされなかった。

私の足元があまりにもふらついていたせいだろう、レイコはベッドに移動するようにうながしてきた。真っ暗闇の中、弾力のあるマットに両手をついて安堵したものの、あお向けで横たわることは許されなかった。

「四つん這いになりなさい」

レイコは非情に言い放った。

私はしかたなく、その格好になるしかなかった。全裸で気をつけもなかなかにみじめだったが、四つん這いはその比ではなかった。犬のような格好になった途端、肛門のあたりがすーすーした。涼しいというより寒気がして、体の震えがとまらなくなった。女ではないのだから、セックスのときに相手に肛門を見せることなんてない。

「いい格好よ」

レイコは笑っている。

「情けないワンワンポーズになった、ご褒美をあげないとね」

彼女はおそらく、まだベッドの下に立っていた。アイマスクをしたままの私には、なにをしているのかわからなかった。やがて、顔の下になにかが置かれた気配がした。

「遠慮しなくていいのよ」

首根っこをつかまれ、容赦なく顔をベッドに押しつけられた。痛いとか苦しいという感覚はなかったが、いよいよ本格的に奴隷扱いされるのだろうという恐怖におののいた。顔にあたっているのは糊《のり》の効いたシーツではなく、ざらついた薄いナイロンの生地だった。レイコが穿いていたストッキングだと察知するまで、時間はかからなかった。

芳しい匂いが、記憶を刺激した。舌をからめあった深いキス、まさぐらせてもらった極上のボディ——だがいまは、こちらからはなにもできない。肛門をさらしたみじめな四つん這いで、レイコの命令を待つだけだ。

マットが揺れた。レイコがベッドにあがってきたようだった。背後に気配を感じた刹那、尻を左右にぐっと開かれ、生温かい吐息が肛門にかかった。

私はうめき声をあげた。吐息に続いて舌の感触までが肛門に襲いかかってくると、叫び声をこらえられたことが奇跡に思えた。

「あなたが膝をガクガクさせるから、いきなりこんなところを舐めちゃったじゃないの。やーね、これじゃあ変態みたい」

ねろねろ、ねろねろ、と肛門を舐めまわされ、私は悶絶《もんぜつ》した。くすぐったいのだが、それだけではない未知の快楽がたしかにあった。舌先が細かい皺をなぞり、奥にまで入ってこようとする。禁断の排泄器官が、ヌルヌルした唾液に溶かされていく。

肛門から舌が離れた。レイコが動く気配がしたと思うと、次の瞬間、男根が生温かいものでぴっちりと包みこまれた。

「ああっ!」

私は叫んだ。男根を口唇で咥《くわ》えこまれたのだが、一瞬なにをされたのかわからなかった。私は四つん這いになっていた。フェラチオには不向きな体勢のはずだが、レイコは膝を立てた私の両脚の間に、あお向けになって顔を入れてきたのである。アイマスクをした状態で、そんなアクロバティックなことをされても、すんなり理解できるはずがない。

私はただ、なすがままに男根をしゃぶられていた。さらに左右の乳首を爪でくすぐられると、いよいよどういう格好でなにをされているのかわけがわからなくなり、けれどもすさまじい快感に体は翻弄《ほんろう》されるばかりで、アイマスクの奥で喜悦の熱い涙をあふれさせた。

「ほら、ほら、もっと声をあげてよがってみなさい」

言われなくても、私は絶頂寸前の女さながらによがっていた。もはや、男のプライドにこだわっていられなかったし、声をあげたほうが快楽が深まることを無意識に理解していた。

レイコの口唇は吸引力が強く、思いきり吸いたてられると、両手でシーツを手《た》繰《ぐ》り寄せ、握りしめずにはいられなかった。セックスのとき、女がなにかをつかみたがる気持ちがよくわかった。

とはいえ、それだけでは快楽の暴風雨を耐えきることができず、燃えるように熱くなった顔を、レイコの匂いをたっぷりと吸いこんだストッキングにこすりつけた。その極薄のナイロンが吸いこんでいるのは、汗の匂いだけではなかった。ツンと鼻につく発情のフェロモンまで嗅いでしまうと、頭の中が淫ら色に染まりきった。

レイコの指が、乳首から離れた。続いて責められたのは、ふやけるほどに舐めまわされた肛門だった。指がむりむりと入ってきた。想定外の出来事だったが、勃起しきった男根を強く吸われていたので、私は抵抗はできなかった。

最初はひどい異物感を覚えた。しかし、フェラチオの快楽に淫しながらだと、次第に肛門の刺激にも体が反応しはじめた。

俺はいま、犯されている……。

その事実がもたらしたのは、不思議な現象だった。喜悦の涙があふれている瞼の裏に、次々と女の姿が浮かんできた。

私が過去に愛しあった女たちだった。彼女たちのベッドでの媚態《びたい》が、いまの自分と重なった。四つん這いになり、私に後ろから突きあげられていた。彼女たちがそのとき抱いていたはずの羞恥や欲望や切実な快感を、身をもって追体験したのである。

その錯覚というか妄想は驚くほど刺激的で、男根がはちきれんばかりに硬くなっていった。A子やB子やC子に成りかわってあえぎにあえぎ、よがりによがった。その振る舞いは、あとから思い返しても恥知らずそのものだった。女のような声をあげているのはもちろん、興奮のあまり垂らしてしまった大量の涎《よだれ》で、ストッキングをびっしょり濡らした。

当たり前だが、A子やB子やC子に成りかわった私を犯しているのは、私ではなかった。

「いいわよ、いいよがり方よ……」

レイコの声は、四つん這いになっている私の体の下から聞こえてきた。

「このままイカせてあげるからね。熱いザーメン、ドバッとぶちまけなさい」

男根を強く吸いたてられると、私の体は熱を帯びていくばかりで、悶絶するしかなかったが、ふと疑問がひとつ、脳裏をよぎっていった。

彼女は本当にミストレスなのだろうか？

サディスティックな女王様にしては、やり方が生ぬるくないだろうか？

もちろん、ソフトなプレイを望んだのは他ならぬ私である。経験値の浅い男を相手にして、これほどの熱狂を与えてくれる手腕には、感服するしかない。

それに、レイコが興奮していないわけでもない。肛門に突っこまれた指や、男根をしゃぶりあげる口唇から、恍惚さえ伝わってくる。

だがそれは、嗜虐《しぎゃく》の悦びとは少し違う気がした。男の上に君臨し、支配することに興奮するミストレスではないと思った。

彼女は恋人に命じられて、こんなことをしている。恋人に忠誠を誓い、従順さを示すために、見知らぬ男とSMプレイに興じている。そうであるなら、彼女はミストレスを演じているだけであり、いま感じている恍惚は、マゾヒストのそれではないのだろうか？

「うんぐっ！　うんぐっ！」

と鼻奥で苦しげに悶《もだ》える声が、体の下から聞こえてくる。あえて苦行をみずからに課し、必死になって口腔《こうこう》奉仕に励《はげ》んでいるように聞こえる。ミストレスの振る舞いにしては、違和感がありすぎる。

レイコの恋人とは、いったいどんな男なのだろう？

彼女の美しい顔は瞼の裏に焼きついている。手のひらには見事なボディラインの感触が残っている。彼女ほどの上玉《じょうだま》をベッドの上で自由にできる権利を手にしてなお、他の男をよがらせてこいなどと命じる恋人とは、どれほどの暴君なのだろうか？

いま撮影中のビデオを見て、恋人はレイコにどんな言葉を投げかけるのか、妄想がふくらんでいく。

見知らぬ男の尻の穴を舐める恥知らず、肛門を犯す変態性欲者と罵《ののし》って、仕置《しお》きをするのか。

レイコのような美しい女にここまでさせる男がどんな人物なのか、私には想像もつかなかった。男の容姿《ようし》や言動はまったくイメージできなかったが、レイコが彼に仕置きを受け、痛みや羞恥や屈辱にのたうちまわりながら、涙を流して悦んでいる姿は、どういうわけか生々しく想像できた。

レイコの恋人こそ正真正銘のサディストであり、彼女がマゾヒストであるなら、いま行なわれているプレイなど序章も序章、壮大なシナリオの一部にすぎない。

彼女にとっての本番は、恋人にビデオを見せた瞬間から始まるはずだ。

口汚く罵られ、裸に剝かれ、縛りあげられ、それこそ鞭や蠟燭でいたぶられるのかもしれない。両脚の間に咥えこまされるのはグロテスクなヴァイブレーターか、それとも勃起しきった肉棒か。

とにかく、いまはエメラルドグリーンのランジェリーに隠されている部分を無残にさらけだされ、恥という恥をかかされる。レイコは生まれてきたことを後悔したくなるような恥にまみれながら喜悦に歪んだ悲鳴をあげ、あの極上ボディをオルガスムスで痙攣させるのだ。熱い涙を流しながら、マゾヒストの愉悦《ゆえつ》に溺れていくのだ。

「イキなさい」

男根がひときわ硬くなったことを察知して、レイコが命じてきた。私には抗《あらが》う術《すべ》などありはしなかった。肛門に突っこまれた指をぎゅっと食い締めると、それが射精のトリガーとなった。叫び声をあげながら、煮えたぎるような白濁液を噴射させた。その寸前、レイコの口唇は再び私のものを咥えこんでいた。噴射するよりコンマ何秒か早く、したたかに吸いたててきた。

私は泣き叫んだ。いつもの倍のスピードで、熱い粘液が男根の芯を走り抜けていった。ドクンッ、ドクンッ、という激しい脈動が起こるたびに、痺《しび》れるような快感が電流さながらに五体の隅々《すみずみ》まで響きわたっていった。通常の射精をはるかに超えた強烈な刺激に瞼の裏で金と銀の火花が散り、それを眺めながら私は泣き叫びつづけた。

これがマゾヒストの愉悦か、と思った。

もちろん、本物のマゾヒストが味わっている境地に比べればままごとのようなものだろう。それでも充分に衝撃的で、体の痙攣がいつまでもおさまらなかった。最後の一滴を漏らしおえると、私は束の間、意識を失った。

6

翌月にも来沖の予定があるとレイコが言ったので、私たちは再びシルーで落ちあう約束をした。

「次はペニバンで犯してあげてもいいわよ」

と彼女は柔和に微笑んだ。淑女としか言い様のない容姿と言葉のギャップに私は内心でのけぞりながらも、

「ぜひお願いします」

深々と頭をさげた。

私はアブノーマルなセックスを小説でいくつも書いているけれど、現実の世界でそこに足を踏み入れることに、不安を覚えずにはいられなかった。うっかり変態性欲の沼に嵌《は》まってしまったばかりに、官能小説を書けなくなってしまった同業者を知っていた。

それでも私は、彼女との再会を待ちわびていた。もちろん、不安以上に期待が大きかったからである。

だが、その約束は果たされることなく、ものの見事にすっぽかされた。その後も何度かシルーを訪れてみたが、レイコの姿はなく、彼女に匹敵するほどの美女との出会いもなく、学芸会じみたＳＭプレイをハプニング的に見せられたことはあったものの、退屈すぎて私は途中で席を立った。

謎ばかりを残して、レイコは私の前から姿を消した。ただ、その謎はどこまでも甘美で、極彩色の魅惑《みわく》に満ちていた。

私は無理に彼女を捜《さが》しだそうとはしなかった。二カ月、三カ月と時が経つにつれ現実感さえなくなっていき、シルーが予告もなくクローズしてしまうと、あの夜に経験したすべてが真夏の夜の夢のように思えてきた。

ただ、その後に一度だけ、彼女の姿を見かけたことがある。

真夏の夜の夢から一年と少し後のことだ。

上京した私は、出版社との打ち合わせをいくつか済ませ、沖縄に戻るため羽田空港にいた。第一ターミナルの出発ロビーで、すれ違った。向こうは気づかなかったようだが、あれはたしかにレイコだった。連れがいた。テレビで見たことがある老齢の代議士だった。

レイコが代議士の愛人なのかどうかは、わからない。年齢的に妻ということはなさそうだし、きちんとしたスーツを着ていたので秘書のようにも見えたが、ただの仕事関係者かもしれない。マスメディアの人間である可能性もある。

私は尾行《びこう》したりしなかったし、代議士について調べてみようとも思わなかった。そんな気にはなれなかった。

私の中では彼女と過ごした数時間が、いまも色褪《いろあ》せることなく輝いている。エロティックな想像力を絶えず刺激し、創作に立ち向かうエネルギーを与えてくれる。それだけで充分であり、レイコの正体なんてどうだってよかった。

彼女が撮影したビデオがネットに流出したということはなさそうだけれど、その後、私が彼女と過ごした一夜にインスパイアされて官能小説をものしたことは、一度や二度ではない。

# 第四話　夜の海に溶ける――マリコ・三十二歳

## 1

沖縄に移住して二、三年くらいは、とにかく毎晩夜の街に繰りだして酩酊《めいてい》していた。ひとりで四軒も五軒もしつこくはしごし、日の出の時間の遅い沖縄の長い夜にどっぷりと浸かっていた。

いま思えば軽いノイローゼ状態だったのかもしれない。

移住に反対した二番目の妻との離婚話で疲れきっていたし、私を頼って沖縄にやってきた母親は末期癌で余命を宣告されていた。そんな中、月に二冊の文庫本を書き下ろすことがざらにあるほど仕事は多忙を極め、一日の執筆を終えるとささくれ立った神経を夜の街で癒《い》やすしかなかった。

ひどい生活だった。いっそ病に倒れてしまえば気持ちも暮らしもリセットできるのではないかと思ってしまうほど荒れた毎日で、けれどもまだ四十代前半で元気いっぱいだった私は、一日に三十枚、四十枚という原稿を書き飛ばしたあとに、泡盛のボトルをバンバン倒していたのだった。

実にいろいろな店で飲んだ。居酒屋、バー、小料理屋——沖縄の観光事業が右肩あがりの時期だったこともあり、個性的な新しい店が次々とできて、退屈することがなかった。

スナックも面白かった。俗に「おばぁスナック」と呼ばれる、老境のママがこぢんまりとやっている年季の入った店が、当時はまだ健在だった。いまはもう絶滅危惧種《きぐしゅ》となってしまったけれど、アメリカ占領統治時代の匂いが色濃く残ったそういう店で、沖縄の昔話に耳を傾《かたむ》けながらしみじみ飲む泡盛は格別だったと言っていい。

ウチナーンチュは基本的におしゃべりで人懐《ひとなつ》こいから、私のような余所者《よそもの》がひとりで店に入っていってもかまってくれ、嫌な思いをすることはほとんどなかった。ただ、酒の勢いでしゃべりすぎてしまうと、私自身が疲れてしまうことがよくあった。

そんなとき、ひとり静かに飲みたくなって足を向ける店のひとつが、ＡＵＲＡだった。那覇でいちばんの繁華街である松山のはずれ、エレベータのないペンシルビルの三階にあった。洒落た店名がついているが、私は内心でこっそり「ゾンビの館」と呼んでいた。

元はスナックだった店を居抜きで引き継いでそのまま営業している、投げやりかつ無秩序な雰囲気のバーで、勤労意欲のない店主や従業員が平然と客席に座って飲んでいるようなところだった。店の人間は男であり、客の多くは女だったが、ホストクラブではない。その店の大きな特徴は、午前零時ごろにオープンして翌日の正午過ぎまで開いていることだった。

要するに、松山界隈《かいわい》で働く風俗関係者の溜まり場だった。ソープ嬢やデリヘル嬢やおっパブ嬢、さらにそこで働く男子従業員が、仕事を終えた明け方にやってきて、ヘビィだった一日のエンディングを迎えるわけだ。

誰もが疲れきっていて、口をきく者はほとんどいなかった。濁《にご》った眼つきで一点を見つめながら黙々と酒を飲んでいる姿はゾンビさながらであり、どういうわけか店の人間まで異常に無口で、店内が酒場らしく盛りあがっているのを見たことがない。ただ、飲酒の量だけはかなりなもので、一度陽が高く昇った時間に顔を出したら、あちこちで泥酔した風俗嬢が下着を見せて爆睡していた。

言ってみれば、メンタルをやられる寸前の夜の住人のシェルターのような場所であろうか。官能小説家である私はAURAに吹きだまる人間に勝手なシンパシーを抱いており、時折顔を出していたが、話しかけられたことはほとんどない。エロスを生業にしているとはいえ、所詮《しょせん》は原稿を書いているだけであり、体を張っているわけではないせいだろう。店の人間も常連客も、私から同類の匂いを嗅ぎとることはなかったようだ。

その店で、私はある女と再会した。

四月に入ったばかりだった。東京では花冷えの季節だが、那覇に吹く夜風はねっとりと生あたたかかった。

店は口開け――と言っても午前零時過ぎなのだが――だったので、私の他に客はひとりしかいなかった。従業員の若い男が床に敷いた段ボールの上で寝ていて、店主はカウンターの中で洗い物かなにかをしていたと思う。

私は泡盛の水割りを頼み、ひとりしかいない先客からなるべく離れた席についた。カウンター席が七つくらいの狭い店でのことだから、それでも相手の横顔はうかがえた。

女だった。ぱっちりしているのにやや吊りあがった特徴的な眼をしていた。記憶が刺激された。私はその店を訪れる前にすでに三軒ほどはしごし、したたかに酔っていたが、一瞬にして眼が覚めた。

泡盛の水割りが届くと、私はグラスを持って女の隣の席に移動した。その店でそんなことをしたのは初めてだった。

「人違いだったら申し訳ないですが……」

私は女の顔を凝視しながら言った。

「ハナイさんですよね？　ハナイ……マリコさん……」

こちらに顔を向けた女は、眼の焦点が合っていなかった。酔っているというより、疲れていた。この店で飲んでいる客には珍しくない眼つきだったが、正面から顔の造形を確認することができ、私は自分の記憶が間違っていなかったことを確信した。

## 2

私は三十代のはじめごろ、彼女と同じ職場で働いていた。

渋谷区にある小さな編集プロダクションだ。食品企業のPR誌や女性誌の料理ページを請け負《う》っていて、社長を筆頭に女ばかりが十人ほど働いている会社だった。小さくてもスポンサーが大手ばかりなので経営は堅調《けんちょう》のようで、高級住宅街にある洒落た低層マンションをオフィスにしていた。バブル経済はとっくにはじけていたが、その残り香が漂っていたと言ってもいいかもしれない。

私はそこで、主軸である料理関係以外の仕事——映画や本のレビューや読者ページなどを担当するよろず雑文書きだった。シナリオライターとしてデビューしたものの次のオファーがどこからもなく、腐っていた私に、親切な人がその会社の社長を紹介してくれたのである。

女ばかりの職場で、私は完全に異分子だった。料理に詳《くわ》しいわけでもなく、ということは仕事上の戦力にはならず、さりとて見た目がいいわけでも、愛想《あいそ》がいいわけでもない三十男なのだから、当然のように冷たい扱いを受けた。

居心地の悪さは尋常《じんじょう》ではなかったが、私は最初の妻と結婚したばかりだったから、いつまでもオファーを待って無職を決めこんでいることなど許されなかった。どうせ仕事をするなら文章関係がよかったので、歯を食いしばって耐えるしかなかったのである。

その職場で私以外にもうひとりいた異分子が、マリコだった。私はただ単に無視されていただけだが、マリコの場合は傍目《はため》から見ていても気の毒なくらいまわりから嫌われていた。

理由はいくつかある。まず、マリコは若くて綺麗《きれい》だった。他の社員が三十代後半から四十代なのに、彼女ひとりだけ十九歳だったのだ。若いだけではなく美人の度合いもすさまじく、初対面のときは、打ち合わせにやってきた芸能人かと思ったくらいだ。

清楚《せいそ》でありながら凜々《りり》しい顔立ちをして、少し吊りあがった大きな眼が印象的だった。女にしては背が高く、スタイルはグラビアアイドルのようにグラマー。不思議なのは、容姿のよさを誇るように装《よそお》いはいつも華やかで、笑顔を絶やすことがなかったのに、なんとも言えない淋しそうなオーラをまとっていたことだ。美人も限度を超えると孤独に見えるものなのだな、などと勝手に思っていた。孤独というより、孤高なのかもしれないが……。

そして、まわりに嫌われていたもうひとつの理由は、結婚を間近に控えていたことだ。相手の男は外資系の証券会社に勤めているというエリートサラリーマンだと、社員が噂していたのを聞いたことがあった。

マリコは生意気な性格でも態度が悪いわけでもなく、年長者に対して軽口を叩くタイプでもなかった。十九歳という年齢にそぐわないほど落ち着いていて、謙虚に仕事に取り組んでいるように私には見えた。

しかし、女ばかりの集団の中で、若くて綺麗で結婚間近というのは、いかにも悪目立ちしてしまう。まわりが独身ばかりだったせいもあり、妬《ねた》みそねみの対象になっていたのである。

私は彼女と仲が悪くなかった。特別仲がよかったわけでもないが、異分子同士ということを、向こうも少しは意識していたのかもしれない。

眼を見てきちんと挨拶《あいさつ》をしてくれるのはマリコだけだったし、「コンビニに行きますけどついでになにか買ってきますか？」などと声をかけてくれるのも彼女だけだった。マリコは料理の写真撮影をする際に食器やテーブルクロスをセレクトするスタイリストだったのだが、オフィスの隅にある大きなテーブルに仮セッティングしたそれを眺めながら、「どっちがいいと思います？」などと訊ねてくることも時折あった。

彼女がすごいのは、あからさまにまわりから嫌われているのに、それをまったく意に介していないところだった。嫌味を言われたり舌打ちされたりしても、笑ってやり過ごした。もちろん、内心では不愉快だったに違いないが、決してそれを顔には出さなかった。

そういう態度が、妬みそねみのチーム・ジェラシーにとっては、神経を逆撫《さかな》でするものだったのかもしれない。

ある日、社長と私をのぞく社員全員に、マリコは吊しあげられた。社長は外出したまま直帰の予定で、私は社員全員のデスクがあるオフィスフロアに――要するに吊しあげの現場に居合わせたわけだが、マリコがなにか意見を言った途端、まわりの社員が次々と立ちあがってマリコを糾弾《きゅうだん》しはじめた。

「あなた、そんなに自分のセンスに自信があるわけ？」

「先生がいいって言ってるんだから、言う通りにすればいいじゃないの」

マリコはつまり、料理を提供してくれる料理研究家の先生が指定した食器より、自分が選んだものを使ったほうがいいと主張したのである。

目くじらを立てて怒るような話でもないのに、かなり強い調子で寄ってたかって口撃されていた。七、八人に囲まれてだ。マリコを責めている人たちに、私は透明人間として扱われていた。普段通りと言えば普段通りなのだが、さすがに異常な感じがして、とめたほうがいいのではないかとやきもきした。

とはいえ、私はその職場に長くいるつもりがなかった。健全な人間関係を求めるより、面倒を避けたかった。いじめを看過《かんか》しているようで胸が痛かったけれど、とめに入ったところで私の意見など無視され、マリコへのあたりが強くなるだけなのは眼に見えたから、結局なにも言えなかった。

マリコに対する口撃は二時間ほども続き、最終的には、裏方なのに服装が派手すぎるだの、笑い方が人を小馬鹿にしているように見えるだの、ほとんど難癖のようになっていった。

チーム・ジェラシーが引きあげていったのは、午後十時近かった。いつもなら、私はとっくに退社している時間だったが、マリコの吊しあげが延々と続いていたので、帰るに帰れなかったのである。

さすがに気の毒だった。仲裁に入れなかった罪悪感から、せめて慰めの言葉をかけてやりたかった。私からは、振り返らなければマリコのデスクは見えなかった。残っているのはもう彼女ひとりであると気配で察していたものの、なにをどう慰めていいかわからず、なかなか振り返ることができなかった。

お茶でも淹《い》れてやろうとかと立ちあがると、眼が合った。マリコは泣いていた。声を出さないように唇を噛《か》みしめながら、けれども大粒の涙をボロボロとこぼしていた。声をこらえた泣き方に、プライドの高さがうかがえた。しかし、私に泣き顔を見られたことでこらえることができなくなったようで、盛大に嗚咽《おえつ》をもらしはじめた。

マリコはその日、パステルピンクのアンサンブルを着ていた。チーム・ジェラシーが指摘していたように、服だけを見れば仕事にはそぐわないデート着のようなものだったが、着ているマリコの雰囲気が清楚で凜々しく、姿勢もよかったから、とりたてておかしな感じはしなかった。

しかし、普段の仮面をはずして泣き顔になってしまうと、たじろいでしまいそうなほど女らしかった。私はどうしていいかわからず、とりあえず近づいていったのだが、声をかける前にマリコは椅子《いす》を倒しそうな勢いで立ちあがり、私の胸に飛びこんできた。

びっくりしてしまった。そういう形で男に甘えるタイプには見えなかった。もっと芯の強い女だと思っていた。

それに、彼女は結婚を間近に控えているのだ。誰もいない深夜のオフィスとはいえ、人間関係が希薄な既婚者の胸に飛びこんでくるなんて、彼女らしくなかった。それほど吊しあげがショックだったのだろうし、いままでに積もり積もっていた思いもあったに違いない。

マリコは少女のように手放しで泣きじゃくっていた。そのせいで熱くなっている彼女の背中をさすり、なんとかなだめようとした。

だが、そういう場面に慣れていなかった私は、取り乱したマリコに体重をかけられると支えてやることができず、ふたりで床に倒れてしまった。住宅用のマンションなので土足厳禁、絨毯《じゅうたん》が汚れていたわけではないけれど、ひどく不格好《ぶかっこう》で情けない有様だった。

マリコが私の胸で泣いていたのはせいぜい五分か十分くらいだったけれど、一時間にも二時間にも感じられた。彼女ほど美しい女と体を密着させて横になっているることが、私から現実感を奪っていった。涙を流しつづけてなお彼女は美形であることを隠しきれなかったし、肉感的なバストやヒップの丸みを感じ、私は完全に悩殺《のうさつ》されていた。

もちろん、私は悩殺されたことを恥じていた。それを誤魔化《ごまか》すように、月並みな慰めの言葉をしどろもどろに継いだ。みんなハナイさんに嫉妬《しっと》してるだけだよ。多勢《たぜい》に無勢《ぶぜい》で卑怯《ひきょう》な連中だよな。気にすることないから忘れちゃえ……。

私の顔をのぞきこんできたマリコの眼つきはひどく無防備で、保護欲を誘った。

容姿の美しい女がたいていそうであるように、普段の彼女は異常にガードが固そうだったので、そんなことを思ったのは初めてだった。思わずキスをしてしまった——という言い方は卑怯だが、そうとしか言い様のない衝動に体を突き動かされ、気がつけば唇を重ねていた。

自己嫌悪がこみあげてきてすぐにやめたけれど、すると今度は、マリコのほうからキスをしてきた。私はただ唇を触れさせただけだったが、マリコは口を開いて舌を差しだし、からめあうことを求めてきた。ガランとした深夜のオフィスに、唾液を啜りあう音が響いた。

私は冷静さをすっかり失い、見えない何者かに手指を操られている感じで、マリコの体をまさぐりはじめた。ニットの上から胸のふくらみを揉みしだき、尻を撫でまわした。マリコは胸や尻をガードし、恨めしげな眼を向けてきたけれど、本気で抵抗している感じではなかった。小競《こぜ》り合いをしながらも、私の右手はスカートの中に侵入することができた。ストッキングに包まれた肉感的な太腿に手のひらを這わせ、股間を刺激しはじめると、

「悪いことしてるんだよ」

彼女は眉根を寄せてそう言った。愛撫が先に進むほどに、何度となく言われた。

私には新婚の妻がいて、彼女には婚約者がいた。お互いに愛する人間を裏切っている、という意味だろう。

ただ、マリコが正気だったのはそこまでで、パンティの中に手指を入れ、熱く潤った花びらをいじりはじめると別人に豹変《ひょうへん》した。白い喉を突きだして喜悦に歪んだ悲鳴をあげ、快楽に身を委《ゆだ》ねていった。

最終的にはみずから進んでペニスをしゃぶりまわし、私の上にまたがってきた。呆れるほど浅ましい表情で、淫らに腰を振りたてた。

完全に発情しきった獣のメスだった。

そうなることで嫌な出来事を忘れてしまいたかったのかもしれないが、清楚で凛々しい普段の姿とギャップが大きすぎた。

私は唖然としながらも、激しく興奮した。美しい彼女が手放しで乱れゆく姿に、心臓を撃ち抜かれたような気分だった。

## 3

指折り数えてみると、あれから十三年――。

ずいぶんと久しぶりの再会にもかかわらず、私はひと目見ただけで、マリコをマリコと認識した。

曖昧なところがひとつもない端整《たんせい》な美貌は、長い年月を経てなお美しかった。ただ、三十二歳にしては、老《ふ》けて見えた。四十歳手前と言われても信じてしまいそうなくらい――いや、そう単純な話でもない。

彼女は疲れきっていた。ゾンビの館の住人らしく、疲れの塊《かたまり》がそこにいるようだった。今日一日の疲れではなく、いままで生きてきた時間の蓄積がそのまま疲労となってたたずまいや表情に表れているような、そんな感じだった。

「沖縄に住んでるのかい？」

私の質問に、マリコは首をかしげただけだった。答えたくない、と彼女の顔には書いてあった。ＡＵＲＡに出入りしているということは、風俗で働いているということだろう。そうでなければ水商売だ。服装も派手な柄のざっくりしたワンピースで、いかにも夜の住人のオフコーデだった。

那覇において、夜の街で働いている内地出身者は少なくない。移住してきている者もいれば、出稼《でかせ》ぎのように期間を決めて働いている者もいる。いずれにせよ、昔のマリコを知る私にとっては衝撃的だった。十三年前の彼女は、風俗や水商売とはもっとも遠いところにいた。穢《けが》れを知らないようなキャラクターもそうだし、若くして玉の輿《こし》めいた結婚まで決まっていた。けれども、危《あや》ういところがなかったわけではない。

私がマリコと寝たのは一度だけで、言ってみれば事故のようなものだったが、そのたった一度だけで私は虜《とりこ》になった。彼女ほど性に貪欲《どんよく》で、あられもなく乱れる女を他に知らなかった。射精に向かって全力疾走《しっそう》している途中から、私は彼女を独占したくてたまらなくなっていた。事後にそのことを伝えた。妻とは離婚するから真剣に付き合ってもらえないか——私はみっともない男だった。

マリコは力なく首を横に振った。

「人の家庭を壊したこと、一生背負っていく自信はないです」

気を遣われたのだろう。私が彼女に魅了《みりょう》されたようには、彼女は私に魅了されなかったという、ただそれだけの話だった。私は諦《あきら》めるしかなかったが、少しホッとしたところもあった。私のみっともない求愛を、こちらを傷つけずにやんわりと断るその態度は、普段の彼女そのものだった。

しかし一方で、私の上にまたがって半狂乱で腰を振りたてていたマリコの姿は、いつまでも脳裏に残りつづけた。

あれが彼女の本性だとするなら、私が彼女に対して抱《いだ》いていたイメージはまったく見当はずれということになる。清楚で凜々しいのは表面だけで、内側では肉の欲望を沸々と煮えたぎらせ、婚約者がいるのに事故のようなセックスを避けて通れないタイプだとしたら——私は彼女の未来に雲行きのあやしさを感じずにはいられなかった。

「こっちに住んでるんですよね？」

マリコが気まずげに訊ねてきた。

「えっ？　ああ……」

私はうなずいた。

「もうすぐ二年になるけど、住み心地は最高だね。寒いのが苦手だから、ちょっと離れられそうもない」

「でも、沖縄で仕事を探すの大変でしょう？」

「物書きになったからね。どこにいたって仕事はできる」

マリコは驚いたように眼を丸くした。ＡＵＲＡに飲みにきているのだから、夜の仕事をしていると思っていたのかもしれない。

「そういえば、いつもなんか書いてましたもんね。会社で……」

マリコはひとり言のようにつぶやくと、横顔を向けたまま訊ねてきた。
「物書きって儲《もう》かるんですか？」
「まあ……ボチボチかな」
「お金貸してもらえません？」
さすがに唖然とした。再会して十分と経っていないのに金の無心をしてくると
は、ずいぶんと深い闇に堕《お》ちてしまったらしい。
「……いくら？」
「一万円でも……二万円でも……」
私は言葉を返せなくなった。十万や二十万なら深刻な事情があるのかもしれな
いと察するし、百万単位なら詐欺《さぎ》を疑う。だが、一万二万じゃ物乞《ものご》いだ。誰にで
も見境《みさかい》なく言っているのだろうな、と思った。
「ダメですか？　一万円くらいならいいでしょう？　詳しい事情は言えないんで
すけど、ホントにちょっと困ってて……」
卑屈な上眼遣いでこちらを見てくるマリコの姿に、胸が痛んだ。十三年の間に
いったいなにがあったら、ここまで無残に落ちぶれることができるのだろう。だ
いたい、物乞いをするならそれらしい嘘でもついたらどうか。真剣さが足りなく

て鼻白んでしまうではないか。

「貸してくれなんて言って、どうせ返す気なんてないんだろう？」

私は苦笑いしながら言った。マリコはなにも答えなかった。

「べつにいいけど、条件があるよ」

「なんですか？」

「デートしてほしい」

「ホントに？」

マリコはにわかに眼を輝かせ、再会して初めて笑顔を見せた。

「一万とは言わず、昔のよしみで、十万くらいまでなら用立ててもいい」

当時の私は狂ったように酒を飲んでいただけではなく、狂ったように原稿も書いていた。文庫書き下ろしだけではなく、稿料の高い週刊誌や新聞の連載までしていたので、それなりに懐《ふところ》が温かかった。

「嘘でしょ？　やだもう、勇気出して頼んでみてよかった」

マリコはたぶん、私の発したデートという言葉をセックスと受けとったはずだ。受けとってなお、はしゃぎながら乾杯を求めてきた。私は曖昧な笑みを浮かべて乾杯を受けたが、心には哀しみの穴がぽっかりと空き、南国にはそぐわない凍《い》てつくような冷たい風が、心の穴に吹き抜けていくのを感じていた。

ふたりで店を出てタクシーに乗りこむと、私は運転手に告げた。

「どこでもいいから、海に行ってもらえるかな」

マリコは驚いたような顔で、私の耳元でささやいてきた。

「ホテルなら波の上よ」

「あそこはダメだ」

私は強く言った。デートをセックスと受けとったのはマリコの勝手な誤解であり、私は普通のデートがしたかったのだ。

波の上ビーチは那覇市で唯一の砂浜の海なのだが、狭いうえに景観が悪く、まわりにはラブホテルやソープランドが林立している。そんなところで、普通のデートなんてできない。

「もっとちゃんとした海に行こう。ね、運転手さん、わったー自慢の真っ白い砂浜までお願いしますよ」

すでに深夜一時をまわっていたので、海に行ったところで真っ暗だろう。それでも私は、マリコと一緒に海に行きたかった。

彼女はすっかり忘れているだろうが、かつても誘ったことがあるからだ。事故のようなセックスを終え、真剣交際の要求を一蹴《いっしゅう》されても、私は未練《みれん》たらしく彼女にすがった。

「じゃあ一回だけ……一回でいいから、デートしてくれないか？　海に行こう。そういう思い出のひとつもないなんて、哀しすぎるじゃないか」

マリコは苦笑まじりに首を横に振った。

「いまのはなかったことにしましょう。それがお互いのためですよ。これからも毎日、会社で顔を合わせるわけだし……」

彼女の言っていることのほうが正しかったし、十歳以上年上の私よりよほど大人だった。しかし、つい先ほどまで騎乗位《きじょうい》で腰を振りたて、顔をくしゃくしゃにしてよがり泣いていた女にしてはあまりに冷静、いやそのときの私には冷酷にすら感じられ、放心状態に陥った。

「でも……やさしくしてくれたこと、忘れません」

マリコはそう言って、少し笑った。

「わたしひとりきりだったら、たぶん朝までここで泣いていたと思います」

それからひと月後に私はその職場を離れ、以来、マリコとは二度と会っていなかった。

# 4

タクシーに乗っていたのは三十分ほどだろうか。連れていかれたのは、那覇より南に位置する「美《ちゅ》らSUNビーチ」だった。「美ら」は沖縄の方言で美しいことだから、美しい太陽が注ぎこむという意味である。ライブイベントの会場などにも使用される、だだっ広い人工のビーチだ。

タクシーを降りた私たちは、海に向かって歩いた。予想通りに真っ暗だった。月が出ていたが、雲も多かった。一瞬足元に白い砂浜が現れたかと思うと、次の瞬間には再び足が夜闇に沈みこみ、空を見上げると裏側から月光を浴びた雲が風に流されていた。

海を感じようにも、潮の香りもせず、波の音も聞こえなかった。沖縄本島は珊《さん》瑚《ご》に囲まれているから、台風などで強風が吹かない限り、海はいつだって穏やかに凪《な》いでいる。

もちろん、まわりに人の気配など皆無で、そんな中、砂浜を踏みしめて暗闇に向かって歩いていくと、本能的な恐怖を覚えた。黒々とした広すぎる夜空に宇宙を感じ、次第にどこかの惑星にふたりだけ置いてけぼりにされたような気分になっていった。

唯一の救いは、四月に入ったばかりなのに寒くなかったことだけだ。海辺に漂う湿っぽい空気はむしろ暖かいくらいで、歩いているうちに体が汗ばんでくるほどだった。

私たちは砂浜に腰をおろした。暗くて表情はうかがえなかったが、マリコは呆れているだろうと思った。しかし、

「夜の海でデートなんて、なに考えてんだろうって思いましたけど……」

クスクスと笑いながら言った。

「あんがい、悪くないですね」

「そう?」

「死後の世界って感じ。綺麗なエメラルドグリーンの海も、幽霊になったらきっとこんなふうに見えるんじゃないかしら」

私が宇宙を感じていた光景に、マリコは死を感じていたらしい。彼女の現在の境遇に思いを馳せると、笑えない話だった。ゾンビの館で意識を失うまで泥酔している風俗嬢たちはきっと、私より死を身近に感じている。

「……えっ？」

突然、マリコが抱きついてきたので、私はびっくりした。砂浜に押し倒され、マリコは私の上に馬乗りになった。息がかかる距離に顔を近づけてきて、ククッと喉を鳴らして笑った。

「この感じ、懐かしいですね？」

「……ああ」

私も笑おうとしたが、頬がひきつってうまく笑えなかった。

「あのとき、離婚するから付き合ってくれって言われて、嬉しかったですよ」

「その話はいいよ、もう」

私は苦虫を嚙みつぶしたような顔になった。覚えていてくれたことを喜べないほど、バツが悪かった。彼女を抱けたことは幸運以外のなにものでもないが、その後の醜態は記憶から抹殺したかった。

「昔話はお嫌い？」

「そうだな」

「じゃあ、いきなり仕事してもいい？」

「仕事？」

「お金もらったんだから、ちゃんと働きますよ」

タクシーに乗りこむ前、私はコンビニのATMで現金をおろし、彼女に一万円札を十枚渡していた。その金で抱かせろという意味ではなかったが、彼女はそう受けとったようだった。彼女にとってデートという言葉はセックスを意味し、それが仕事でもあるらしい。

「いいよ、そんなことは……一緒に海に来たかっただけなんだから……」

息のかかる距離に顔があるのに、マリコの表情は闇に埋もれてうかがえなかった。ただふたつの瞳だけが、ほのかに光を灯《とも》しているように見え、その光も滲《にじ》んでいた。

マリコは私の上でもぞもぞと動き、

「でも、もうパンツ脱いじゃいましたよ」

やけに小さな白っぽい布きれを、手首に巻きつけた。

「そういう仕事をしているのかい？」

「わたしはいまの話が嫌いです……いまなにやってるの？　とか」

言葉を返せない私の唇に、マリコは唇を重ねてきた。ヌルリと口の中に侵入してきた舌が、くなくなと大胆に動きまわった。私も舌を動かし、マリコの舌を舐め返した。

たしかに話などしてもしかたがない、と私は思った。言葉で確認するまでもなく、彼女は春をひさいで糊口《ここう》を凌《しの》いでいるのだろう。好きでそんなことをしている女がいるはずもなく、誰もが不本意ながら見知らぬ男に体を預けている。金のため、生活のため、男のため――それを問いただすことは、傷口に塩を塗りこむようなものだ。

私が憐《あわ》れみまじりの深い溜息をつくと、

「ご心配していただかなくても、それほど悲惨な境遇じゃないですから……」

マリコは私のシャツのボタンをはずしながら言った。

「むしろ楽しく生きてるんじゃないかな。実はわたしって、すごくスケベな女だったんですよ。小学生のときからオナニーしてたし、やりたくなったら彼氏がいても他の男に抱かれちゃうし。そういうの隠さないで生きられるようになって、ものすごく楽になった……」

乳首を舐め転がされ、私はうめいた。

「セックスが好きだからセックスを仕事にしてる……歌って踊るのが好きだからアイドルやってるようなものですね。子供が三人いるんですけど、産むたびにエッチがよくなっていったのには驚いたな。イキすぎて失神しちゃったら、街まで担いで帰ってくださいね」

「あの婚約者との子供かい？　外資の証券会社に勤めてるっていう……」

「まさか。違いますよ。彼とはすぐ破談になりました」

「じゃあダンナは……」

「結婚なんてもう懲《こ》りごり。永遠の愛なんてあるわけないのに……」

しゃべりながらマリコは後退っていき、私のズボンをブリーフごとずりおろした。酒が入っていたせいもあり、ペニスは完全に勃起していなかった。しかし、彼女の生温かい口に含まれ、舐められたり吸われたりしていると、芯が疼くほど硬くなって、私は砂の上で身をよじった。

マリコは私の陰毛が唾液でぐっしょり濡れるほど熱を込めて口腔奉仕をすると、立ちあがってワンピースの長い裾をまくりあげた。和式トイレにしゃがみこむように、両膝を立てた状態でゆっくりとしゃがみこんで騎乗位の体勢を整えた。明るいところなら結合部を男に見られる大胆な格好で、ペニスを咥えこんできた。

「あああっ……」

艶めかしい声をもらし、腰を動かしはじめたマリコの顔は、夜の闇に塗りつぶされていた。私は必然的に、十三年前の彼女を思いだすことになった。

彼女はあのとき、必死の形相で腰を振りたてていた。半狂乱でよがり泣いているように見えた。

だが、いま思えば、肉の悦びをむさぼっているというより、むしろ届きそうで届かないなにかに向かって懸命に手を伸ばしていたのかもしれない。

マリコに十三年の時が流れたように、私にも十三年の時が流れていた。当時の彼女は体がまだ未成熟で、性感が充分に開発されていなかったのだと、いまにして思う。嘘か本当か、小学生からオナニーしているほど性欲旺盛《おうせい》だったとはいえ、十九歳では無理もない。

しかし、いま私の上にまたがっているマリコは、たしかに肉の悦びを知っているようだった。三人の子供を産んだと言っていたが、体のこなれた経産婦と繋がっている実感がたしかにあった。

夜の闇に向かって吠えるようにあえぐ声は獣じみていたし、M字に開いた両脚の中心をぐりぐりと押しつけてくる腰使いは、かつての彼女にはないものだった。気のせいかもしれないけれど、淫らな肉ずれ音をたてている蜜壺の感触も、内側の肉ひだがペニスにねっとりとからみついてくるようで、以前より具合がよくなっていた。

「やだ、もう……」

ハアハアと息をはずませながら、マリコが言った。

「なんかすごく気持ちいい……わたし、すぐイッちゃうかも……」

私は言葉を返すかわりに上体を起こした。対面座位になってもマリコは腰を動かすのをやめなかったが、強引にあお向けに倒した。

砂浜でのセックスに、正常位は向かないと言われている。肉穴に砂が入ってしまうと大変なことになるからだが、幸いなことにマリコの着ているワンピースは裾が長かった。それをシート代わりにして、慎重に抜き差しを開始した。

「あううっ！」

マリコはすっかりゾーンに入っていて、深く貫くと激しく身をよじった。私のピストン運動を受けとめるように、下から腰まで動かしてきた。砂のことなど、彼女の頭にないようだった。それほど興奮しきっていた。私にしても、自分で腰を動かし、マリコをあえがせたいから正常位になったわけで、慎重な抜き差しはいつまでも続かなかった。

息のかかる距離にあるのにぼんやりとしか見えないマリコの顔を、眼を凝らして睨みつけながら、勃起しきったペニスを奥まで深々と沈めこみ、素早く抜き去る。カリのくびれで内側の肉ひだを逆撫でにするイメージで、ピストン運動を送りこんでいく。

「ああっ……はぁああっ……」

マリコの呼吸がはずみだし、気がつけば私は彼女の体を強く抱きしめ、怒濤の連打を放っていた。お互いの昂ぶる呼吸音が夜空に舞いあがっていき、それを切り裂くように、マリコが喜悦に歪んだ悲鳴を放つ。

すると……。

凪いでいた風が、不意に強く吹きつけてきた。生あたたかい空気と涼しい空気が混じりあっていて、涼しい空気がなんとも心地よかった。

私は突きあげた。むさぼるような腰使いで、一心不乱に女体を貫いた。

「あああっ、いいっ！　すごく気持ちいいっ！　ねえ、もうイキそうっ……イッてもいい？　先にイッてもっ……」

マリコの切羽《せっぱ》つまった声が耳に届く。

だが、その声は唐突《とうとつ》に途切れ、私の腰の動きもとまった。風が雲を流し、月が顔を出したからだった。

闇に沈んでいた砂浜が突然、真っ白く輝いた。あたり一面すべてがだ。海は黒いままだったが、そんなことはどうだってよかった。

私たちは腰を動かしながら、息のかかる距離で見つめあっていた。マリコの顔は生々しいピンク色に上気して、息を呑むほどエロティックだった。眉根を寄せ、瞳を潤ませ、オルガスムスを欲しがっていた。

私たちは吸い寄せられるようにして、唇を重ねた。熱い吐息をぶつけあいながら、舌をからめあい、唾液を啜りあった。

私に宇宙を感じさせ、マリコに死を感じさせた闇の喪失は劇的で、まぶしいライトのあたった舞台の上にでもワープしてしまったかのようだった。観客がいなくても、視界の利く野外でまぐわっている恥ずかしさがこみあげてきて、全身がこわばった。

しかし、私たちは孤独ではなかった。性器を繋げ、お互いの体にしがみつきあって、ふたりで恥をかいていた。そのことが無性に嬉しかった。すがるように私を見つめ、夢中になってキスを求めてくるマリコもまた、似たようなことを思っていたかもしれない。

私はマリコが娼婦になった理由が少しだけわかった気がした。彼女は性欲が過《か》多《た》なのではなく、孤独が怖いのだ。永遠など信じないクレバーさがありながら、孤独に怯えて震えている——そんな気がした。

私も孤独が怖かった。だから何度結婚に失敗しても、いまだに永遠の愛を求めつづけている。それが愚かな真似だとしても、諦めることができない。

「ねえ、突いてっ……突いてよっ……」

マリコがせつなげに声を震わせてねだってきた。月明かりに照らされた彼女の顔は、淫らに歪んでなお美しかった。

視界が拓《ひら》けただだっ広い空間でセックスを続けるのは、それなりの勇気が必要だった。けれども、こみあげてくる衝動は恥の感覚など軽々と吹き飛ばし、私は再び連打を放った。いきなりのフルピッチだ。

「はぁううーっ！」

マリコが放った悲鳴も、遠慮がなかった。この姿を誰かに見られることなど、彼女の頭の中にはないのかもしれなかった。いや、見られてしまってもかまわないと、開き直っているようですらあった。

孤独を恐れてなにが悪い、と彼女は心で叫んでいた。ありもしない永遠を信じるくらいなら、利那の快楽をむさぼり抜き、それを繋げて生きてやると宣言しているようにも見えた。

彼女のまぶしいほどの潔さに、私の興奮もレッドゾーンを振りきった。ずんずんっ、ずんずんっ、と渾身《こんしん》のストロークでいちばん奥を突きあげ、腕の中でマリコを暴れさせた。彼女はもはや言葉を継ぐことができず、獣じみた悲鳴を潮風に乗せて四方八方に撒《ま》き散らすばかりだった。

熱狂が訪れた。私たちはたしかに、永遠を凌駕《りょうが》する刹那を共有していた。悠《ゆう》久《きゅう》より長い一瞬の存在を噛みしめながら、肉悦の海に溺れていった。月に雲がかかり、すべての色が夜の闇に溶けてなお、求めあうことをやめようとしなかった。

「……イッ、イクッ！」

私の腕の中でマリコがのけぞり、月に向かって吠えるように歓喜の悲鳴を放った。ビクンッ、ビクンッ、と腰を跳ねあげ、五体の肉という肉をぶるぶると痙攣させながら、オルガスムスに駆けあがっていった。

十三年前にはなかった反応だった。当時の彼女はまだ、いわゆる中イキの快感を知らなかったはずだ。

私は正気を失うほど興奮し、五体の痙攣がとまらないマリコに、怒濤の連打を打ちこみつづけた。

女は絶頂のあと、性感が過敏になるので少し休みたがるものだが、マリコはタフで貪欲だった。甲高い声をあげながら背中を弓なりに反らして私のストロークを堂々と受けとめ、連続絶頂モードに突入した。本当に失神するのではないかと思うくらい、何度も何度も恍惚の彼方にゆき果てていった。

「そろそろ出そうだ……出していいか？」

私が燃えるように熱くなった顔をしかめて言うと、

「出してっ！」

マリコは叫んだ。

「そのまま出してっ！　中で出してっ！　中にいっぱいかけてくださいっ！」

それがプロの所作だと考えることもできないくらい、私は彼女とのまぐわいに夢中になっていた。中出しの許可が出たことに狂気乱舞し、彼女の中に男の精をドクドクと注ぎこんでいった。

すべてが終わると、タクシーを呼んで那覇に戻った。

別れ際に聞いた話では、マリコは現在、東京を離れ、九州の地方都市に住んでいるらしい。そこでも風俗嬢をやっているようだが、店の系列店が那覇にあることから、二週間ほど派遣されてきたという。二、三日中には、九州に戻ると言っていた。

「また会えるかな？」

十三年という長い年月を経ても、私はみっともない男のままだった。

「連絡先か……店がわかれば、遊びに行くよ。たとえ九州でも」

マリコはただ笑うだけで、なにも教えてくれなかった。棒読み口調で楽しかったと言い残して、私の前から去っていった。

# 第五話　声の限りに――カンナ・二十八歳

## 1

那覇市の中でも、国際通りはもっとも有名な観光スポットのひとつだろう。

かつて戦後復興の象徴として「奇跡の一マイル」と呼ばれ、現在でも飲食店やおみやげ屋が賑々《にぎにぎ》しく軒《のき》を連ねているし、全国ネットのテレビでよく紹介される公設市場も隣接している。

ただ、地元の人間が積極的に足を運ぶことはあまりない。国際通りは観光客のための場所であり、東京でたとえるなら浅草の雷門や原宿の竹下通りみたいなところなのである。

私も沖縄に完全移住してからは、足を運んだ記憶がなかった。そもそも、いわゆる観光地に興味を惹かれるタイプでもないので、旅行者のころからほとんど行ったことがなかったが……。

そんな馴染みのない場所にその日向かったのは、呼びだされたからだった。「奇跡の一マイル」のちょうど中間あたりにある珊瑚の店、と待ち合わせ場所を指定された。

ダイビングやシュノーケリングで美しい珊瑚を眺められる沖縄では、アクセサリーとしても珊瑚の人気が高い。おみやげの定番のひとつであり、昔ながらの店構えのところから、今風のスタイリッシュなジュエリーショップのようなものまである。

指定された店は後者だった。やたらとキラキラしている店内を見渡しても、私を呼びだした人間の姿は見当たらなかった。

「プレゼントですか？」

若い女性店員に声をかけられ、プレゼントの予定はなかったが、後学のためと思って話を聞いてみた。珊瑚は色が濃いほど値段が高い、真珠サイズの珊瑚玉を繋ぎあわせてオリジナルなネックレスやブレスレットがつくれる、珊瑚は自然のものを加工するので同じものはふたつとない……。

生返事をしながら聞いていると、ショートメールが入った。待ち合わせ場所の変更が告げられていた。私は内心で溜息《ためいき》をつき、店員に礼を言って店を出た。

変更された待ち合わせ場所は、珊瑚の店の並びにある居酒屋だった。九月も後半に差しかかっていたが、沖縄の夏はまだしばらく終わりそうもなく、外に出ると立ちくらみがしそうなほど陽射しがまぶしかった。時刻は午後三時を過ぎたところ。そのあたりでは昼間から酒が飲める店が珍しくなかった。

私を呼びだした人間は、すぐに見つかった。カウンター席で飲んでいた。まわりの客と大声で談笑しており、扉を開けた瞬間、店内にかかっていた沖縄民謡の音を押しのけて、彼女の笑い声が耳に届いたほどだった。

カンナというのが彼女の名前だ。おそらく、本名ではないだろうが……。

彼女の両隣には先客がいたので、私はテーブル席に腰をおろした。はしゃいで揺れているカンナの背中を眺めながら、キンキンに冷えたオリオンビールを喉に流しこんだ。自分から呼びだしておいてその態度はなんだ――少々頭にきていたので、向こうが気づくまで声をかけないでおくことにした。

## 2

カンナと知りあったのは、当時から遡《さかのぼ》ること五年ほど前になる。

彼女は二十三歳で、地方にある大学を卒業し、上京したばかりと言っていた。どこの地方で、なにを学んでいたかは知らない。

知りあったのは、東京の新橋にある昼キャバだ。昼間に営業しているキャバクラである。私にはふたりの連れがいて、店の女の子を含めた六、七人で大いに盛りあがった。そのとき私の隣についたのがカンナであり、彼女を気に入った私は翌日もひとりでその店を訪れて、彼女を指名した。

カンナは見た目も態度もおとなしく、華やかさを競いあっているキャバクラの店内で目立つほうではなかった。はっきり言ってかなり地味だったが、よく見れば眼鼻立ちが整っていた。控えめな美人と言っていい容姿も好みだったし、なんの話をしたのか覚えていないけれど、ウマが合ったのは間違いない。とにかく私は気持ちよく酔っ払い、連絡先を交換して店を出た。

また来るね、と別れ際に言ったはずだが、私がその店に足を運んだことは二度とない。ちょうど仕事が忙しくなった時期だったし、プライヴェートも落ちつかず、そのうち私は沖縄に移住してしまった。

ただ、メールのやりとりは続いていた。来店をうながす営業メールが、最初のうちは毎週のように届いた。私は彼女の期待に応えられなかったが、謝罪のメールはきちんと送った。水商売の女が営業メールを送ってくることなど珍しくないし、よほど執心していなければ無視しておくのに、カンナの場合、二度と会わないだろうと予感しつつも、どういうわけか返信してしまっていた。

店に行かない日々が半年も続くと、メールが届く間隔は数カ月に一度になり、内容も来店をうながす営業メールではなくなった。読んだ本や観た映画の感想、新しい職場での愚痴《ぐち》などを、唐突な文章で送ってくるようになった。

いささか礼を欠いているというか、挨拶抜きで「会社にとっても口が臭い上司がいてね……」などと書いてよこすので、俺とおまえはそんなに親しい間柄だったか？　と首をかしげたくなることがよくあった。それでも私は返信した。彼女が飽きるまで、やりとりの相手をしてやった。

おそらく、タイミングがよかったのだ。手持ち無沙汰でぼうっとしているときに限って、カンナからのメールは届く。

ただ、この数年は、ぱったりとメールが来なくなっていた。最後に来たのが「今度結婚するの！」というおのろけメールだったので、新婚生活で忙しいのだろうと思っていた。

いや、正直言って、すっかり忘れていた。おのろけメールを送ってきても、素性をいっさい明かさない秘密主義者だから、記憶に残らない。結婚祝いを送ってやりたくても、住んでいる場所を知らされていない。そういう関係をなんと呼べばいいかわからないが、まあ、友人でもなければ知人でもないだろう。

そんなカンナから、その日突然メールが届いた。

――いま那覇空港。これから会えませんか？

私は唖然とした。友人知人以下の関係でも、前もって知らせてくれていたら、それなりのもてなしができただろう。だいたい、今日の今日でいきなり会おうというのは、相手のことをまったく考えていない不躾《ぶしつけ》な態度と言っていい。学生同士ならともかく、こちらは大の大人なのである。

しかし、彼女はやはりタイミングがいい女だった。

私は長くかかった仕事がちょうど一段落し、久しぶりに明るいうちから飲みに出ようとしていたところだったのだ。

3

「久しぶりなのに全然変わらないですねえ」

私のいるテーブル席にビールジョッキを持って移動してきたカンナは、開口一番そう言った。彼女と出会ったから五年を経て、私は三十代から四十代になっていたが、まだ老けこむには早すぎる。

「そっちはずいぶん大人っぽくなったじゃないか」

私はまぶしげに眼を細めてカンナを見た。記憶にあったのは、二十三歳の彼女だ。顔立ちや体つきに、まだ少女の面影を引きずっていたし、よく言えば純朴《じゅんぼく》そうで、悪く言えば垢抜《あかぬ》けていなかった。

どこだか知らないが地方の出身で、上京してきたばかりと言っていたから、まあしかたがない。

それがいまや、堂々たる大人の女――長い首を誇示《こじ》するようなショートボブは都会的に洗練され、ドレスふうの黒いワンピースを颯爽《さっそう》と着こなしている。肌色が白くて透明感があるから、黒髪や黒い服がよく似合う。正直、大人っぽくというより、色っぽくなった。都会暮らしはこんなにも女を美しく磨《みが》きあげるのか、と驚いてしまったくらいだ。

「それにしても、突然連絡が来てびっくりしたよ」

「サプライズ、サプライズ」

「ひとりで来たのかい？」

「うん」

カンナはすでに顔が赤くなるほど酔っていたが、旨そうに喉を鳴らしてビールを飲んだ。

「突然来たくなって、衝動的に飛行機に飛び乗ったの」

「高かったんじゃないのか、チケット」

カンナは答えずに笑っている。

「帰るのはいつ？」

「うーん、決めてない」

「宿はとってあるんだろうな？」

「今夜のぶんはとった。瀬長島《せながじま》のホテル」

「へーえ……」

瀬長島は、那覇の中心地からクルマで十五分ほど南に行ったところにある小さな島だ。橋が架《か》かっているので、本島から徒歩やクルマでも往来できる。

ウチナーンチュの友人の話では、かつては近隣の若者がカーセックスする場所として名を馳せるくらい荒れ果てた場所だったらしいが、その後に開発が進められ、たいそう立派な商業施設やホテルが建ったばかりだった。沖縄にしては珍しく、ホテルは温泉を目玉にしていた。

私はそのホテルに対してあまりいい印象をもっていなかった。温泉を売りにしたところで、ウチナーンチュはお湯に浸かることを好まない。自宅の風呂場に湯船がないことも少なくないし、あってもシャワーだけですませる人間のほうが多いくらいなのだ。

それでは観光客にアピールできるのかと言えば、本土の人間は温泉の良し悪しをよく知っている。沖縄の温泉の泉質に、本土の有名温泉地を上まわるポテンシャルがあるとは思えない。

さらに、立地の問題があった。瀬長島は美しい夕陽を眺められるスポットとして有名なのだが、すぐ目の前——一・五キロほどのところに那覇空港がある。飛行機が離着陸する際の騒音が、かなりのものだと思うのだが……。

とはいえ、すでに予約をすませているカンナにネガティブな情報を吹きこむのも悪い気がして、よけいなことは言わなかった。待ち合わせた居酒屋を出ても外はまだ明るかった。私たちは二軒目の酒場を探した。酒を飲む以外に、することを思いつかなかった。

カンナはご機嫌に飲んでいた。気持ち悪いくらいにニコニコしていた。こんな女だったろうかと私は内心で何度も首をかしげた。とはいえ、五年ぶりの再会である。人が変わるのに充分な時間だし、五年前だってキャバクラで二回ばかり杯を交わしただけだ。私は彼女のことをなにも知らない。

だいたい、ニコニコ笑っている人間に文句を言うのもおかしな話である。そう思って気にしないよう努めたが、どうにも不自然な笑い方で、なんとも言えない嫌な予感を覚えたことは確かだった。

陽がとっぷりと暮れるころには、ふたりとも泥酔していた。酔った私は、彼女のことを煩《わずら》わしく思いはじめた。自分から突然連絡してきたくせに、身の上話のひとつせずに、ただ飲んで笑っているだけなのだ。どうせ夫と喧嘩《けんか》して家出でもしてきたのだろう。彼女の不自然な笑顔を見ていると、そんな気がしてしようがなかったが、いっこうに口を割る気配がない。

空疎《くうそ》な会話しかできない女と一緒にいても面白いはずがなく、さっさと解散して飲み直しに行きたかった。とはいえ、若いキャストを揃えただけの安キャバクラでは、カンナ以上の女と出会える可能性は低そうだったから、なかなか腰をあげられなかった。

五年の時を経て、カンナはいい女になっていた。大人になったし、ヘアスタイルや装《よそお》いも都会的に洗練されていた。こちらも年をとったのだろう、二十歳そこそこの若い子より、大人の女の色香が胸に刺さるようになっていた。おまけに人妻。彼女が色っぽくなったのは、それと無関係ではない気がした。

「もうダメ……もう飲めない……」

カンナがようやくギブアップしてくれた。ヘラヘラ笑いながらも呼吸が苦しそうで、引きあげることに私も異論はなかった。最初の店からつごう三軒、勘定はすべて私もちだったが、それはまあいい。

「忘れ物はないか?」

念のため訊ねたのは、彼女の荷物がやけに少なかったからだ。

「ないない」

カンナはにこやかに答えたが、普段使いサイズのトートバッグと小さなピンク色の紙袋だけしか持っていなかった。衝動的に飛行機に乗りこんだという話は、嘘ではないのかもしれなかった。ピンク色の紙袋には、見覚えのある店のロゴが入っていた。「奇跡の一マイル」の中間にある珊瑚の店だ。私と落ちあう前に、買物を済ませたらしい。

昼間は渋滞が常態化している国際通りも、夜になればクルマが流れるようになる。私はタクシーを停め、カンナを後部座席に押しこんだ。

「送ってくれないの？」

カンナはゴネはじめた。那覇でいちばんの観光地で痴話《ち わ》喧嘩と誤解されるような振る舞いをするのもみっともないと思い、私はタクシーに乗りこんだ。それも、まあいい。

タクシーが瀬長島のホテル前に到着すると、一緒に外に引きずりだされ、

「部屋まで送ってよ」

カンナは再びゴネはじめた。私は戸惑うしかなかった。つごう三軒のはしご酒の間、色っぽい展開になりそうなやりとりはいっさいなかったからだ。彼女が勝手に色っぽかっただけだ。

「部屋からね、飛行機が飛ぶのが見えるらしいの。すっごい音なんだって」

なんだ知ってたのか、と私は内心で苦笑した。

「飛行機目当てにここに泊まる飛行機オタクもたくさんいるって、ネットに書いてあった」

「ってことは、カンナちゃんも飛行機オタクなわけ？」

「違うけど……」

カンナは首を横に振り、拗ねたように唇を尖らせた。

「ジャンボジェットが飛びたつときの音って、聞いてみたいじゃないですか？　好奇心くすぐられません？」

よくわからない話だったが、私は結局、カンナの部屋までついていった。彼女は酔っていた。一緒にテレビでも観ていれば、どうせすぐに眠りについてしまうだろうと思った。

部屋は思ったより豪華だった。靴を脱いであがる造りで、床はフローリングと琉球畳《りゅうきゅうだたみ》。ベッドはセミダブルが二台並んでいるし、ベランダにはなんと陶器の湯船まで置いてあった。

だが、なにより眼を惹いたのは、窓からの景色だった。那覇空港がよく見えた。夜の空港をこんなふうに眺めたのは初めてだった。

滑走路に沿って線を引くようにライトが灯っており、飛行機も呼吸する生き物のようにライトがチカチカと点滅している。滑走路でフラッシュを焚《た》いているように見えるのは、誘導灯だろうか。赤、青、白、緑、紫――カクテル光線さながらのライトの競演は幻想的なくらい美しく、西新宿あたりの夜景とはまた違う、SFチックな近未来感があった。

部屋に入るなり、カンナはベランダに出た。騒音対策だろう、窓は二重サッシになっていた。

ベランダには籐《とう》の椅子が二脚置いてあり、カンナは見向きもせずに柵にへばりついたが、私は腰をおろさせてもらった。

那覇空港から飛行機が飛びたっていく。離陸音が聞こえてくる。これほど近くでジャンボジェットの離陸を見るのは初めてだったが、カンナもきっとそうだったろう。

巨大な金属の塊にもかかわらず、ジャンボジェットはふわりと軽やかに飛びたち、急角度で空に舞いあがっていった。ホテルの上空にやってくると、轟《とどろ》く雷鳴にも似た重低音にホテルごと包みこまれたような気がした。

私は顔をしかめ、耳を塞ぎたいくらいだったが、

「……思ったほどじゃないですね」

カンナは飛行機がどんどん小さくなっていく夜空を見上げながら、がっかりしたように言った。

「わたしもっと、耳をつんざくような轟音を期待してたんですけど……風がゴォッて吹き抜けていく感じで、余韻で鼓膜《こまく》がびりびりするような……」

「充分、轟音だったけどねえ」

カンナの言うレベルになると、二重ガラスの窓でも防音できないだろう。

「冷蔵庫にビール入ってるかな……」

私が籐の椅子から立ちあがろうとした瞬間だった。空港を眺めていたカンナが突然、黒いワンピースの裾をガバッとめくり、尻を突きだしてきた。丸々としたふたつの尻丘が、バックレースのついたゴールドベージュのパンティにぴったりと包まれていた。

「なにやってる……」

私は驚いて立ちあがれなくなった。

「前に会ったとき、お尻がセクシーって褒めてくれたじゃないですか」

顔を空港に向けたまま、カンナは言った。私は覚えていなかった。前に会ったのは五年前だし、キャバクラという軽口が許される空間で放った他愛ないやりとりなど忘れてしまった。

ただ、目の前に突きだされたカンナの尻はたしかにセクシーだった。小さいが、丸みがある。美しい尻に必要なのは、尻と太腿がきっちりと分かれていることだが、下着越しでも境界線がはっきりしているのがわかった。

九月の沖縄にもかかわらず、カンナはナチュラルカラーのストッキングを着けていた。それに透けているゴールドベージュのパンティから、匂いたつような色香が漂ってきた。とはいえ、カンナの態度が妙に素っ気ないので、中腰で尻を突きだした格好が滑稽《こっけい》にも見える。本来なら、立ちバックの体勢なのに……。

「誘ってるのか？」

「飛行機の音が期待はずれだったんで、お詫《わ》びのつもり」

カンナはやはり、顔を空港に向けたまま言った。亜熱帯の湿っぽい夜風が吹きつけ、都会的な黒髪のショートボブをはらりと乱す。夜闇に浮かんだ白い首筋が妖しい。

「誘ってないなら、尻をしまえよ。眼のやり場に困る」

「抱きたかったら、抱いてもいいですよ」

「んっ?」

「でもそのかわり……抱く前にお尻叩いてくれません?」

私はにわかに言葉を返せなかった。

## 4

世の中には実に様々な性癖の人間が存在する。

容姿や性格や社会的立場とギャップが大きい場合も珍しくないから、カンナにマゾヒスティックな性癖があったところで、私はべつに驚かなかっただろう。とくに女の場合、本格的なマゾヒストでなくても、それっぽいプレイを好む向きは少なくない。

だが、カンナの場合はちょっと違う気がした。恥ずかしい性癖を告白してしまった、という羞じらいが一ミリも感じられなかった。逆に昂ぶりのようなものも、いっさい伝わってこない。

なのに、彼女は尻を突きだしたまままこう言うのだ。

「次の飛行機が飛びたったら、お尻を叩いて……できれば思いっきり……お尻が真っ赤に腫《は》れあがっちゃうくらい……」

黒いワンピースの裾をまくってから、彼女は一度もこちらを振り返っていなかった。私は彼女の丸く美しい尻を眺めながら、全身が汗にまみれていくのを感じていた。九月の後半でも、気温も湿度も盛夏並みに高かった。熱帯夜に加え、アルコールもたっぷりと摂取《せっしゅ》している。

汗が噴きだす条件が揃っているにもかかわらず、時折チラリと見えるカンナの横顔は、やけに涼しげだった。汗をかいているようにも見えない。抱きしめたら、体が冷たいのではないかと思ってしまったくらいだ。

カンナの視線を追って空港を見た。滑走路を進む飛行機がスピードをあげていく。ジェットエンジンが、キーンと甲高い金属音をあげる。

「お願い……叩いて……」

振り向かずに放たれたカンナの声が、湿った夜風に乗って耳に届いた。叩かれたい理由は皆目見当がつかなかったが、声音は切迫していた。死地からの助けを求めるように、彼女は尻を叩かれたがっていた。理由がわからなくても、胸に迫るものがあった。

私は覚悟を決めて立ちあがるしかなかった。飛行機が飛びたった。迫りくる重低音におののきながら、私は右手を振りあげ、尻に向かって振りおろした。

さすがに思いきりではなかったが、それなりに強く叩いたはずだった。その証拠《しょうこ》にカンナは悲鳴をあげた。飛行機の離陸音に呑みこまれ、はっきりとは聞こえなかったが……。

次の瞬間、カンナが振り返ってこちらを見た。般若《はんにゃ》すら彷彿とさせる、すさまじい形相《ぎょうそう》で睨まれた。

「もっとっ！　もっと強くっ！」

わけがわからなかったが、こちらを睨んでいるカンナからは抜き差しならない感情が伝わってきた。本気で応えなければ申し訳ない——大の大人にそう思わせるのに足りる、エモーショナルななにかが……。

私は顔中から汗をしたたらせながら、カンナの尻を叩いた。左右の手を使い、丸々と隆起した尻丘を代わるがわる……。

普通なら、叩くたびに打擲音《ちょうちゃくおん》が聞こえていたはずだ。カンナの放つ悲鳴もそうだろう。だが、どちらも飛行機の離陸音に呑みこまれ、ほとんど聞こえなかった。飛行機が彼方に飛びたっていくまで、私は尻を叩きつづけた。

カンナの体は震えていた。とくに震えていたのは、肩と膝だった。膝が震えているのは、尻に受けた衝撃や痛みのせいだろう。肩をわなわなとさせているのは、泣いているからだった。上空に舞いあがった飛行機が漆黒《しっこく》の夜空に吸いこまれていくと、すすり泣く声がはっきりと聞こえた。

いや……。

不意に振り返った彼女の顔はくしゃくしゃに歪んで、眼の下や小鼻が可哀相《かわいそう》なくらい赤く染まっていた。すすり泣きなんて生やさしいものではなく、ほとんど号泣していた。

「もっと……」

カンナは尻を突きだしたまま腰に手をやり、みずからストッキングとパンティをずりさげた。冴《さ》えた満月のように白い尻が、夜闇に浮かびあがった。

「もっと叩いて……もっと……」

彼女の言葉に操られるマリオネットのように、私はカンナの尻を叩いた。ビターンと痛々しい打擲音がたち、

「あうっ！」

カンナの悲鳴がそれに続く。

おかげで私はほんの少しだけ、正気を取り戻した。さすがに打擲音と悲鳴が気

になった。近隣の部屋が二重サッシの窓を閉めていれば、なにも聞こえないかもしれない。だが、開け放っている可能性だってあるし、ベランダでくつろいでいたっておかしくない。その部屋は三階だったが、すぐ下が駐車場なので、人が歩いているかもしれない。

「叩いて……叩いて……」

カンナは涙声で哀願《あいがん》し、尻を振りたててきたが、

「ちょっと待とう」

私はなだめるように、カンナの尻を撫でた。女らしい丸みとともに、手のひらに叩かれた熱が伝わってきた。

「また飛行機が飛びたったら……声がまわりに聞こえなくなったら、叩いてやるから……」

熱くなった尻を撫でまわしながら、ささやいた。痛いくらいに勃起していたのは、慣れないスパンキングプレイのせいではなかった。

カンナの尻は、見た目以上に撫でまわすとセクシーだった。形がいいだけではなく、肌が剝き卵のようにつるつるで、弾力もちょうどよく、興奮せずにはいられない触り心地がした。

「ううう……」

カンナが振り返り、唇を噛みしめながら咎《とが》めるように見つめてくる。誰かに悲鳴が聞こえてもいいから、と彼女の顔には書いてあった。

眼をそらした私の鼻先で、淫らな匂いが揺れた。女の発情を示す匂いだった。

涙眼でこちらを見ているカンナの表情、こわばりながら震えている体からは、発情などまったく伝わってこなかった。にもかかわらず、剝きだしになった尻の桃割れから立ちこめる匂いだけは、一秒ごとに濃厚になっていく。

興奮しているらしい。

「飛行機が飛ぶまで……こっちを可愛がってやる」

私は右手を伸ばし、桃割れの間に指をすべりこませた。カンナの花が放つじっとりとした熱気が指にからみつき、触れると驚くほどヌルヌルしていた。彼女はすでに、指が泳ぐくらい濡らしていた。

そこだけは、疑いようもなく発情していたと言っていい。カンナにマゾヒスティックな性癖があるのかどうか、私には判断できなかった。しかし、彼女の体が疼《うず》きだしていることだけは間違いないと確信した。

「くっ……ううう……」

指を動かすと、カンナは身をよじりはじめた。その動きからは、羞じらいも昂ぶりも生々しく伝わってきた。本当はスパンキングなどではなく、抱いてほしかったのではないかと思ってしまったくらいだった。花びらの合わせ目をなぞっている私の指はあっという間に発情の蜜にコーティングされ、まるで吸いこまれるようにして肉穴に侵入していった。

「ああぁっ……はぁあああっ……」

カンナが声をもらしはじめる。その声はまだ涙に潤んでいたし、声量を抑えていたが、ただ泣いているだけではなかった。あきらかに興奮し、感じている女の反応を示していた。声音に淫らな情感がこもり、いやらしいほど上ずっていた。やがて、ハアハアと呼吸まではずみだした。

私は右手の中指を肉穴に差しこんだまま、左手の中指で花びらの合わせ目を探った。クリトリスはすぐに見つかった。他の女よりずいぶんと大きく、存在感があったからだ。

国際通りで見た真珠サイズの珊瑚玉が、脳裏をよぎっていった。ちょうどあれくらいのサイズだった。私には宝石を愛でる趣味などないが、宝石より丁寧にクリトリスを扱った。決して強くは刺激せず、ソフトタッチでねちっこくいじりまわした。

　肉穴にクリトリス、さらには無防備なアヌスにまで舌を這わせてやると、カンナはひいひいと喉を絞ってあえぎにあえいだ。いちおう声をこらえようとしているようだったが、それでもあふれてしまうものがある。下の口はもっとあからさまで、肉穴に埋めた中指を抜き差ししはじめると卑猥な肉ずれ音がたち、私の右の手のひらには水たまりのように蜜がたまっていった。

「ああっ、いやっ……いやあああっ……」

　カンナは身をよじって悶えていた。こちらに尻を突きだした全身から、燃え狂う興奮が伝わってきた。私も興奮していたが、敏感な性感帯を三つ同時に責められている彼女よりは、少しばかり冷静だった。

　滑走路を走っている飛行機に気づいた。セックスが始まってしまったことを理由に約束を反故《ほご》にするほど、私は不誠実な人間ではなかった。飛行機が飛びたったら、尻を叩いてやるつもりだった。

　だがその前に、ズボンとブリーフをさげ、勃起しきった男根でカンナを後ろから貫いた。

「はっ、はぁあううう━っ！」

飛行機はまだ飛びたっていなかった。カンナの放った歓喜の悲鳴は夜のしじまを引き裂いたが、私はかまわず根元まで埋めこんだ。

まるで「つかんで」と誘うかのようにくびれた腰を両手でつかみ、ピストン運動を送りこんだ。カンナの中はよく濡れて、熱く煮えたぎっていた。いきなりフルピッチで突きあげても、しっかりと受けとめてくれた。

「はぁううっ……はぁうううっ……はぁううううっ……」

カンナは盛りのついた獣のようにあえぎ声を振りまきはじめたが、その声を掻き消すかのように飛行機が滑走路でスピードをあげた。ジェットエンジンのキーンという甲高い金属音に続き、ふわりと機体が離陸すると、ゴゴゴゴォッという重低音がこちらに迫ってきた。

私は腰を振りたてて男根を抜き差ししながら、カンナの尻を叩いた。まずは右、そして左。興奮のためだろう、容赦や遠慮はできなかった。こちらの手のひらが痛くなるくらい、本気で叩いた。

「あうううーっ　はぁううううーっ」

私の手のひらが尻丘を打ちのめすたびに、カンナは夜空に向かって咆哮《ほうこう》を放った。肉悦に反応してあえぎ声をあげていることは間違いなかったが、なんだかムキになって叫んでいるようにも思えた。飛行機が離陸する重低音にホテルごと包みこまれている状況なのに、私にはその声が聞こえてきた。耳にもかすかに聞こえていたが、結合した性器を通じて、彼女が声の限りに叫んでいることが生々しく伝わってきた。

離陸音が遠のいていくまで、私は十発以上、カンナの尻を叩いたはずだ。叩きながら、渾身《こんしん》のストロークを打ちこんでいた。尻を打つ衝撃により肉穴がキュッと締まり、経験したことのない快感を覚えた。スパンキングプレイの愉悦を、私はこのとき初めて理解した。

おそらく、カンナも似たようなことを感じていたはずだ。こちらが腰をつかんでいなくても、彼女のほうから必死に尻を押しつけてくるので、結合感は深まっていくばかりだった。

「……イッ、イクッ！」

離陸音が遠のいていくのを待っていたかのように、カンナは果てた。ビクンッ、ビクンッ、と腰を跳ねさせ、手指に力を込めて柵をつかみながら全身を激しくよじらせた。イキ顔を拝めないのは残念だったが、後ろから見ていても歓喜を嚙みしめていることがはっきりとわかった。ぶるぶるっ、ぶるぶるっ、と体中をしつこいくらいに痙攣させて、長い間オルガスムスの頂点からおりてこようとしなかった。

## 5

ベッドの上で眼を覚ました。

射精を果たしたあと、眠りに落ちてしまったらしい。それほど長い時間ではなかった。窓の外はまだ真っ暗で、当たり前のように夜が続いていた。ベランダで始めたセックスだったが、お互い立っていられなくなり、ベッドに移動して続きをした。酒の飲みすぎで遅漏気味になっていた私が射精を果たすまで、カンナはゆうに五、六回は絶頂に達したと思う。

部屋は静寂に包まれていた。深夜に飛ぶ便はあまりないのか、あるいは二重サッシになっている防音窓の恩恵か、飛行機の離着陸音は聞こえなかった。これなら耳が敏感な人間でも、安眠をむさぼれるだろう。

カンナはベッドにいなかった。こちらに裸の背を向けて、椅子に座っていた。デスクに向かっているようだった。

「なにやってるんだい？」

背中に声をかけても振り返らない。なにやら作業をしている様子である。

私は体を起こし、ベッドからおりた。近づいていっても、カンナはこちらを振り返らなかった。

デスクには白いハンカチが敷かれており、その上に真珠サイズの珊瑚玉が十個ほど並んでいた。それぞれ色が微妙に違い、真っ白いものは本物のパールのようだった。

カンナはまなじりを決して珊瑚玉をつまんでは、並べ変えていた。繋げる順番を考えているようだった。珊瑚の店の店員が言っていた、オリジナルのアクセサリーというやつだろう。珊瑚玉を並べては眺め、また並べ変える。なんだかパズルでもやっているようである。

「三年前にね、婚前旅行で沖縄に来たとき、夫に買ってもらったの……」

カンナは珊瑚玉をじっと見つめながら、話を始めた。あえぎすぎ、叫びすぎたせいだろう、声がかなり掠《かす》れていた。

「あのころは楽しかった。幸福の絶頂って感じ。恩納村《おんなそん》のリゾートホテルに泊まって、美ら海水族館に行って、最終日に国際通りのあの店でネックレスを買ってもらってね。オリジナルがつくれるっていうから、ふたりであれこれ考えて……でも、いつの間にかなくなってた。外でなくしたんじゃないの。大切にしまいすぎて、どこにしまったのかわかんなくなっちゃったの。だから、同じものを買おうと思った。記憶を頼りにつくってもらって、買ったときはそっくりだと思ったけど、よく見るとやっぱり違う……」

私は鼻白んだ気分で、カンナに聞こえないように溜息をついた。

彼女は頑なにしゃべろうとしなかったが、衝動的に飛行機に乗った理由は、予想通り夫婦喧嘩が原因だったらしい。

それはいい。死ぬまで喧嘩のひとつもしたことがない夫婦なんているわけがないし、雨降って地固まるということわざもある。

わかっていても掻き乱された感情のもって行き場がなく、火遊びじみた浮気によって憂さを晴らすというのも、バレない努力をする限りは許されることだろうと私は思う。

ただ、それを浮気相手にしゃべるのはマナー違反だ。話を聞けば、こちらまで夫婦喧嘩に巻きこまれてしまう。それはいささか大げさでも、彼女の夫の存在を意識するだけで、せっかくの情事の余韻に冷や水をかけられる思いがした。

残念でしかたなかった。カンナは途中まで完璧だった。まるで知らない間柄でもなく、遠く離れた南の島に住んでいる私のような男は、憂さ晴らしにはうってつけの相手だったろう。事情を話さないまま寝技に持ちこむ手練手管《てれんてくだ》も見事なものだったが、最後になってよけいなことを言ってくれる……。

「なあ……」

カンナの横顔をのぞきこんだ。泣き腫らした眼をぎりぎりまで細めて珊瑚玉を吟味《ぎんみ》しているその表情には、鬼気迫るものがあった。全裸のままバスタオルさえ巻いていなかったから、なおさら異様だった。

「俺、明日も仕事あるし、今日はこれで失礼するよ……」

仕事はもちろん口実だった。時刻は深夜二時を過ぎていたが、どこかで飲み直してから帰宅するつもりでいた。

床に脱ぎ散らかしてあった下着や服を集め、私はのろのろとそれを着た。

「愛ってどれくらいで冷めるんですかね？」

カンナが言った。ひどくぶっきらぼうな口調だった。

「わたし、昔から熱しやすく冷めやすい性格で、長くても三カ月くらいしかつづかなかったんですよ。でも、いまの夫とは結婚して三年……付き合いはじめてからだと四年も続いてるんです……」

私は苦虫を嚙みつぶしたような顔をしていたことだろう。その手の長い話にも、面倒な話にも、付き合いたくなかった。

身の上話を聞いてほしいなら、セックスの前にするべきだった。同情すべき内容であれば親身になって話を聞くし、トラブルに巻きこまれそうな予感がすれば逃げを打つ。だが、することをしてしまったあとでは、冷たくあしらうことができないではないか。

ガタン、と椅子を鳴らしてカンナが立ちあがった。

「実はわたし、逃げてきたんです……夫を……刺し殺しちゃったから……」

背筋が凍りついた。物騒な言葉よりも前に、目の前に立っているカンナが戦慄《せんりつ》を誘うほど怖かったからである。

真っ赤に泣き腫らした眼をしているのに、笑っていた。ゴム人形のように顔を歪めた笑いに、狂気が滲んでいた。おまけに、黒髪のショートボブは乱れ、全裸だった。乳房も股間も、隠すことなくこちらに向かってさらけだされていた。

「浮気されたんです。若い女と。問いつめても、無視……無視、無視、無視……せめて言い訳くらいしたらどう？　って言っても、なにも言わない。眼も合わせない。家にはいちおう帰ってくるけど、わたしのつくったごはんは食べない。わたしが家事を放棄したら、掃除も洗濯も自分でやりはじめた。とにかく無視、無視、無視……わたしもう、頭がおかしくなりそうになって……」

「本当に……殺したのか？」

訊ねた私の声は、滑稽なくらい震えていた。手脚も震えだしていた。落ちつかなければならなかったが、落ちつくことなどできなかった。

カンナはコクンとうなずくと、一歩、二歩、とこちらに近づいてきた。

「そこまで妻をないがしろにする男なんて、殺されて当然でしょう？　ねえ、そう思わない？　そう思うよね？」

私のシャツの襟《えり》をむんずとつかみ、息のかかる距離まで顔を近づけて言った。黒眼が白眼を凌駕《りょうが》するような恐ろしい眼つきで、狂気走った笑顔を浮かべ……。

6

そこから先、私がとった行動は、いま思い返してもごく常識的なものだったと思う。

とりあえず、カンナを落ちつかせることに全力を傾けた。服を着せ、ベッドに腰をおろさせ、背中をさすり、水を飲ませ、眼つきが平静さを取り戻してきたところを見計《みはか》らって、沖縄に来た理由を訊ねてみた。

国際通りの珊瑚の店に行きたかったというのが、ひとつあるかもしれない。だがそれが唯一絶対の理由ではない気がしたし、もちろん私に会いたかったわけでもないだろう。

「このホテルに来たかったんです。夫の浮気が発覚する前、ふたりで沖縄旅行をする計画があって……新しくできたホテルみたいだぜって夫が言って、わたしは空港の側のホテルなんてうるさそうでいやだなあっていうやりとりがあって……それを思いだしたんです。わたし、泣けない女なんですよ。すごく悲しいことがあっても、涙が出てこない。夫に浮気されたときも、泣くことができなかった。それが悪かったのかもしれないと思った。だから、泣きたかった……飛行機が飛んでいるところなら、思いきり泣けるかなって……声の限りに泣きわめいてみたいなって……」

「望みは叶《かな》ったかい？」

「……おかげさまで」

力なく笑ったカンナの顔には、もう狂気は滲んでいなかった。

「飛行機の音だけだったら、あんなに泣けなかったな……よかった……連絡して……」

「そう……」

私は彼女のためにコーヒーを淹れてやり、これからのことを話しあった。

私には自首を勧めることしかできなかった。人を殺《あや》めておいて一生逃げ通せるほど日本の警察は甘くないだろうし、大人っぽくなったと言っても彼女はまだ二十八歳、しっかり罪を償《つぐな》えば人生をやり直せると励《はげ》ました。他人事《ひとごと》のように言っているな、と激しい自己嫌悪がこみあげてきたが、そうするべきだと信じるしかなかったし、信じてもらうしかなかった。

間違っても、自死によって罪を贖《あがな》うような真似《まね》はしてほしくなかったからである。

カンナは納得してくれた。そろそろ夜が明けようとしていた。私は警察まで付き添うつもりだったが、その前にひとつだけ確認しておきたいことがあった。

「思いだしたくないことを思いださせて申し訳ないけど……なんていうか、その……ご主人をどうやって殺したわけ？　刺したって、ナイフかなにかで？」

カンナは私から眼をそらし、口ごもりながら答えた。

「朝ごはんをつくっているときに黙って部屋から出ていこうとしたんで、ごはんくらい食べていったら、って言ったんです。ごはんも食べてくれないなら、わたしたちもう終わりねって……でもやっぱり無視されて、カッとなって、持ってた包丁で……」

「どこを刺したの？」

「お腹のところ……」

「たくさん血が出たかい？」

「……覚えてません」

「息絶《いきた》えるところを見た？」

カンナは首を横に振り、

「うずくまって倒れたところは見たんです。わたし、もう気が動転しちゃって……とにかく逃げなきゃって、急いで着替えて外に飛びだして……」

私は太い息を吐きだした。

「それは……死んでない可能性もあるんじゃないのかな？」

「でも、刺した感触がしっかりありました。いまも両手に残って……」

結局、カンナの夫は死んでいなかった。カンナが電話をかけると、あっさりと出た。自力で病院に行って治療を受けたらしい。

彼も彼なりに思うところがあったようで、被害届は出していないようだった。電話越しにカンナに謝っていた。

「こっちこそ悪かったな……」

絞りだすようなその声を、私も彼女のケータイに耳を近づけて聞いた。

その後、カンナがどうなったのかは知らない。忘れたころに届くメールも、二度と送ってこなくなった。私たちは人生によくある迷い道で、ほんの一瞬すれ違っただけだった。

ただ……。

私は私という人間の、凍《こご》えるような冷酷な本性と向きあわされた。

たった一度でも恍惚を分かちあった女なのに、匿《かくま》ってやろうという気にまったくならなかったことがショックだった。

どこをどう考えても、あのときはああいうふうに振る舞うしかなかった。常識的に考えて、ああする以外に道はないだろう。

それでも、いまだに後悔が残っている。

常識の範疇でしか行動できず、なによりもまず保身に走ってしまった、自分の醜悪さがやりきれなかった。

# 第六話　ロリ顔――ミオ・三十歳

## 1

那覇の盛り場で飲み歩くようになって最初に驚かされたのが、酒場で働く女性の年齢の幅広さである。

俗に「おばぁスナック」と呼ばれる古い店には、七十代、八十代のママやホステスが元気に働いていたし、逆に松山あたりのキャバクラでは若い女が多く、二十歳の子なんてざらにいた。

ただ、年は若くても、初々しさが足りないのが彼女たちの特徴だった。おそらく、十代のころから年齢を詐称《さしょう》して働いていたのだろう。二十歳でも水商売のキャリアが何年もあり、子供がいるのがおきまりのパターンだった。

たいていシングルマザーだったから、生活感が滲みでていた。下手をすれば、四十歳を過ぎている私よりよほど人生の荒波に揉まれているような雰囲気で、妙に貫禄《かんろく》があったりした。

ミオもまた、シングルマザーだった。

知りあったのは、松山にあるスナックだ。時間制のキャバクラでは二十代前半の女が多いが、ボトル制のスナックになると三十代が中心になる。たぶん、時間を気にせずゆったり飲みたかったのだろう。気の利いた店はないかと知りあいのキャッチに訊ね、紹介された店だった。店自体はとくに気が利いていなかったが、私はその後、その店に通いつめることになる。

「いらっしゃいませー」

隣に座ったミオを見て、私は棒を呑みこんだような顔をしたと思う。いわゆるスナックのホステスとは、かけ離れたタイプが現れたからだ。

小柄で童顔だった。やたらと眼が大きく、髪は真っ黒いショートボブ——というより、少女じみたおかっぱ頭であり、ウエストに大きなリボンのついた丈の短いドレスもどことなく少女趣味だった。

若いというより幼い感じがした。

ＪＫと見まがうばかり、と言ったら大げさだが、ニコニコしながら泡盛の水割りをつくっている姿が、なんだか異常な光景に見えたものだ。

あとから実年齢を聞いて、のけぞりそうなほど驚いた。彼女はなんと三十歳で、五歳になる子供もいるという。最近実母と同居を始めたので、夜の仕事ができるようになったと言っていた。

「見えないねえ……三十歳にはまるで見えない……」

私はしばし呆然としながら泡盛の水割りを飲んでいた。声のトーンはやや低めで、しゃべり方などはむしろ落ちついているのだが、顔の造形だけが極端に子供っぽいのである。

ロリ顔、というやつだ。おまけに身長が一五〇センチそこそこ。ウチナーンチュには小柄な人が多いのだが、そこにアニメチックなロリ顔が加わるのは、たぶん珍しい。

私はロリコンではない。彼女に嵌まったのは、その幼《おさな》げな容姿に惹かれたからではない。

そもそもロリコンとは少女を愛する性癖であり、三十歳のシングルマザーは少女でもなんでもないわけだが、とにかく私は彼女に嵌まった。

毎日のように店に足を運ぶだけではなく、同伴出勤に付き合い、オープン・クローズで店にいて、アフターで一緒に飲みにいくことも珍しくなかった。手みやげに花やスイーツを持っていったり、ブランドもののプレゼントをしたり、ものの見事にカモになっていった。

波長が合ったからだと思う。ありがちなスナックトークしかしなくても、居心地のいい女とそうでない女はいる。ロリ顔のくせに異常に気が強い性格も最初のうちは気に入っていたし、わがままで気分屋なところも可愛いものだと許せる範囲だった。

やがて、店が終わるとふたりで飲みにいき、明け方まで一緒にいることが日常になった。私からベッドに誘うことはなかった。ミオは身持ちが堅いことを常にアピールしている女だったので、こちらが下心を見せたら最後、見切りをつけられるかもしれないと感じていたからだ。

つけ加えるなら、ミオにはセックスの匂いがまったくしなかった。色気より可愛らしさを売り物にしているホステスだったせいか、本能を剝きだしにしてベッドで戯れるというイメージがわかなかった。

それでも、夜な夜なふたりで盛り場を徘徊《はいかい》していれば、そういうムードになってしまうことがあるものだ。

知りあってから、ひと月ほどが経過したある日のことだった。

ミオは容姿に似合わずけっこうな酒豪で、だからこそアル中寸前の私と波長が合ったのだろうが、その日は正体を失う一歩手前まで酔っていた。たまたまラブホテルの前を通りがかったとき、足元があやしくなっていた彼女は、私の腕にしがみついていた。息がかかる距離まで顔を接近させてきたので、甘い吐息が鼻先で揺れた。

「全然誘ってこないんですね？」

まるで誘わないことが罪のようなニュアンスで、彼女は言った。冗談とも本気ともつかない感じだったが、ならば、と私はラブホテルの門をくぐった。

このチャンスを逃してはならない、とか、いよいよ念願が叶う、という心境には程遠かった。私はしたたかに酔っていたし、ミオは私以上に酔っていたから、横になったらどうせすぐ寝てしまうだろうと思った。

とはいえ、セックスのためだけに提供されている密室には、男と女の気持ちを淫らに昂ぶらせる力があるらしい。

気がつけば口づけを交わし、体をまさぐりあっていた。

ミオがこのとき、何色のどんな下着を着けていたのか、まるで覚えていない。

ただ、顔立ちから想像できた通り、スタイルは思いきり幼児体型だった。バストやヒップにボリュームが足りない、薄べったい体をしていたが、そのかわり三十歳とは思えない清潔感や透明感があった。

ミオは身持ちの堅さをアピールすることに余念がない女だったが、その一方で、性にまつわることを赤裸々に語ることを厭《いと》わなかった。下ネタを嫌悪する未熟なホステスと思われたくないという、彼女なりのプライドだったのだろう。

曰く、二十二歳まで処女だった。初体験の相手が離婚した夫で、慣れていなかったからベッドの上でのNG項目が多かった。オーラルセックスは論外、明るいところで性器を見られるのもいや。夫はそんな自分にうんざりしていたのだろう、子供を産むとセックスレスになり、勇気を振り絞って自分から求めていっても拒絶され、それが離婚の遠因になった……。

「もう五年以上してませんからね。処女みたいなものですよ」

ミオはそんなことをよく言っていた。

しかし、ベッドの上で裸にしてみると、雰囲気がガラリと変わった。

普段はセックスの匂いをまるで感じさせないのに、瞳を潤ませた表情からは、しっかりと欲情が伝わってきた。幼児体型にもかかわらず、どこを触っても反応がよく、体中が敏感な性感帯だった。軽い愛撫を十分ほど続けただけで、両脚の間を失禁したかのようにびしょ濡れにした。

挿入すると、いきなりイッた。

たぶん、一分も動いていない。ミオは私の腕の中で、絶叫しながら背中を弓なりに反らせた。小さな体をひねり、ぶるぶると痙攣させながら、激しいまでに肉の悦びをむさぼった。

私も驚いたが、彼女はもっと驚いたようだった。前夫とのセックスでは、絶頂に達することがあまりなかったと後で聞いた。

イキきってぐったりし、なんとか呼吸を整えると、ミオは突然眼を吊りあげて怒りだした。初めてのセックスでいきなりイッてしまったことが恥ずかしかったらしい。ミオは恥ずかしいことがあると怒って誤魔化そうとする、ややこしい性格の持ち主だった。

私は私で、飲みすぎのあまり最後まで辿り着ける自信がなく、いったん結合をといた。ミオが機嫌を直してくれるまで、髪や背中を撫でていた。

その日は結局、射精をしないままラブホテルを出た。

キツネにつままれたような一夜だった。

## 2

ミオは矛盾《むじゅん》の塊のような女だった。

幼ささえ感じさせる愛くるしい容姿をしていても、実年齢なりの性欲をきちんともちあわせていた。その一方で、経験が少ないから、欲望を解放させるやり方がわからない。実年齢にそぐわないほど強い羞恥心によって、欲望を抑圧されてもいる。

二十二歳まで処女で、二十五歳で出産し、その後は子育てに追われる眠れない日々が続き、さらに離婚のドタバタによって心身は疲弊《ひへい》。シングルマザーになってからも、幼子を抱えていては仕事もままならず、経済的にかなり大変だったらしい。恋愛どころではなかったのは想像に難《かた》くない。

私と知りあったときが、欲望を解放させるジャストなタイミングだったのだ。

それでも、彼女はブレなかった。

普通なら、一度肉体関係を結んでしまえば、二度目からのハードルはさがるものだ。そういうところがいっさいなく、いつだって初めてのベッドインを迎えるときのような気遣いと真剣さが必要だったし、関係のベースはホステスと客のままだったから、思いだしたくないくらい金も遣った。

肉体関係を結んでからのほうが、ミオのわがままには拍車《はくしゃ》がかかった。あれが欲しいこれが欲しい、あれが食べたいこれが食べたい——私はそれらの希望をすべて叶えたし、理由もよくわからないまま怒りだす彼女の機嫌をとりつづけた。

セックスがよかったからだ。

会話の波長が合ったように体の相性もよかった、というだけではない。セックスのときだけ、ミオは可愛い女になる。

オーラルセックスは厳禁だったし、部屋を真っ暗にしなければ彼女は決して服を脱がなかった。両脚をひろげているところを見られたくないから、正常位でも騎乗位でも、常に体を密着させていなければならなかった。

そういう意味ではベッドでの扱いも非常に面倒な女ではあったものの、私の腕の中で絶頂に達するときだけは、たまらなく可愛らしい。

とにかくイキやすいので、私が一度の射精を迎える間に何度となく全身を痙攣させる。普段の彼女からは想像もつかないような、獣じみた悲鳴をあげて小さな体をのたうちまわらせる。

顔の造形はロリータでも、眉根を寄せてよがる表情は大人の女そのものだったし、イキ方の激しさはいままで抱いたどんな女よりも上だったから、そのギャップが身震いを誘うほどエロティックだった。

「わたし、あなたのおかげでセックスのよさが初めてわかった気がする」

ミオはよく言っていた。三十歳にしてようやく、彼女はセックスに開眼したのだった。

開眼させた男が他ならぬ自分自身である、という事実が私には誇らしかったし、肉体的な快感と同等かそれ以上に、精神的な満足感を与えてくれた。

私にとっても、彼女が生涯を通じてもっとも素晴らしいセックスパートナーだったと、掛け値なしに言うことができる。あれからもうずいぶんと時間が経過してしまったいまでも、彼女と出会えただけで沖縄に移住した価値があったとさえ思っている。

ただ……。

逢瀬《おうせ》を重ね、絶頂の回数が増えていくうちに、彼女にある変化が起きた。セックスの経験が少ないというコンプレックスに、悩みはじめたのだ。私は彼女にとって、ふたり目の男だった。

「他の男の人とも、エッチしてみていいかなあ？」

ある日、ミオはそんなことを言いだした。

「浮気じゃなくて、過去の帳尻《ちょうじり》合わせ。本当に好きでエッチしたいのはあなただけ……でも、あなただっていままでに十人や二十人、それ以上の女の子を抱いてるわけでしょ？　わたしは若いときにそういう経験ができなかったから、いましてみたいの」

彼女は店でいちばん人気があるホステスだったから、その気になれば相手は選《よ》り取り見取り……。

「いや、それは……さすがに……」

私は困惑するしかなかった。どんな理屈をつけたところで、他の男と寝れば浮気である。それをやすやすと認めてしまうほど私はプライドの低い男ではなかったし、ミオが他の男に抱かれているところなんて想像したくもなかった。

だが、その一方で、ミオは言いだしたら聞かない女だった。他の男とセックスするのを認めてくれなければ別れる、と簡単に言いだしそうだった。

「それってつまり、俺とのセックスに不満があるわけ？」

「そうじゃないのよ。あなたのおかげでセックスが好きになったから、もっと経験を積んでみたくなったの」

結局、押しきられた。ただし、私も私なりに考えて、ひとつ条件をつけた。

「俺のことが好きで、なおかつ他の男とセックスしたいっていうのが嘘じゃないなら……やってるところをのぞかせてくれよ」

我ながら、下品なことを口にしているという自覚はあった。本気でのぞきたかったわけではなく、嫌がらせじみた悪態のようなものだった。極端に羞恥心の強いミオだから、「馬鹿なことを言わないで」と眉をひそめるに違いないと思っていた。

下品な要求をして眉をひそめさせるのが、私の最後の抵抗だったのだ。しかし、ミオのリアクションは、私の想像とはまるで違うものだった。

「いいですよ。好きな人に見守られながらだと、安心してできそうだし」

話は思ってもみない方向に転がっていった。

私にとっては好ましくないどころか、悪夢じみた展開だったが、条件を出してミオがそれを呑んだ以上、最後まで付き合う義務が生じた。

まず、ふたりで相手を選ぶところから始まった。ミオに熱をあげ、毎日のように店に足を運んでくる客が、私の他に三、四人いた。週に一、二度となると、十人をゆうに超えた。

私の希望は、私より若い男だった。とはいえスナックなので、客の平均年齢は高い。ロリコン丸出しの中年オヤジが、彼女の取り巻きの大半だった。極端な爺さんとか、禿げとかでぶとか、見た目がきついのはやめてほしいと私は哀願し、ミオもそういうタイプを選ぶつもりはなかったようで、三十代半ばの銀行員に落ちついた。

キシモトという名前で、やたらとつるんとした顔をしており、二十六、七歳にしか見えない、華奢な体をした男だった。

人選が終わると、次は場所を決めなければならなかった。ホテルではのぞきをするのが難しい。となるとどちらかの自宅が候補となるが、ミオは小さなアパートで五歳の子供、および実母と同居していた。

そんなところでセックスができるわけないので、必然的に私の自宅を使うことになった。

私が当時住んでいたのは、那覇市内でも高級住宅地と言われる新都心にある、内地の業者が施工したそれなりに豪奢《ごうしゃ》なマンションだった。十二階建ての三階だったが、高台に建っているので、ベランダから那覇埠頭《ふとう》や海が見えた。間取りは2LDK、私が隠れるための場所も確保できるし、ベランダを使えばのぞきだって難しくない。

松山から私の自宅まで、タクシーで五分ほどの距離だった。

決行当日の深夜二時、スナックの店内に『夢で逢えたら』のカラオケがかかった。閉店を知らせる音楽だった。日替わりでホステスが歌うのだが、その日はミオの番だった。キシモトの隣でマイクを持って歌いだした。

私はミオの可愛い歌声が大好きで、リクエストして歌ってもらうこともよくあったが、そそくさと勘定を済ませて帰路に就《つ》いた。当たり前だが、ひどく落ち着かない気分だった。ミオがキシモトに抱かれているところをのぞき、正気でいられる自信などなかった。

3

私の自宅は、あらかじめキシモトを迎え入れるように片づけられていた。

もともと家具の類いに凝るような性格ではなく、衣装持ちでもなかったのだが、ミオがひとり暮らしをしているという設定なので、眼につく男物はすべて、書斎に詰めこんだ。

L字形のソファがあるだけのリビングは殺風景だったがそのままとし、バスルームや洗面所にはミオの私物であるシャンプーや化粧品を並べた。寝室もベッドがあるだけだったが、多少は女らしさを演出しようとベッドカバーとシーツをピンク色のものに替えた。見慣れた部屋の雰囲気が、ほんの少しだけエロティックになった。

店に向かう前に私の部屋に立ち寄ったミオは、

「ピンクのシーツなんて、自分の家でも使ったことないのに」

と笑い、私も釣られて笑った。そのピンク色のシーツの上でなにが繰りひろげられるのかを考えると、笑っている場合ではなかったのだが……。

ミオとキシモトは他の店に寄らず、まっすぐ私の自宅に来ることになっていた。玄関で物音がしたのは、午前二時二十分だった。私が帰宅してから十分後——気持ち的にはすぐ直後にやってきたような感じだった。

物置のようになってしまった書斎に、私はいた。ミオはそれを知っているので、キシモトが扉を開けることはないはずだった。息を殺していればバレないだろうと思ったが、念のためクローゼットの中に隠れることにした。ハンガーに掛かった服を片側に寄せてスペースをつくり、床に腰をおろした。

そこからが、けっこう長かった。リビングやバスルームで常に人の気配がしていたが、セックスはなかなか始まらなかった。時間にすれば三十分ほどだったろうが、三時間にも感じられる長い待ち時間だった。

ミオはベッドインの前にかならずシャワーを浴びる。キシモトはそれを待ちながら、私が冷蔵庫に入れておいた缶ビールでも飲んでいるのだろう。男にとっては至福の時間だ。初めて体を重ねる女とのあれこれに思いを馳せ、頭の中はいやらしい妄想でパンパンにふくれあがっている……。

ミオがバスルームから出てくると、今度はキシモトがシャワーを浴びる番だった。女と違って、男のシャワーは早い。セックスの前となれば、念入りに洗うのは性器くらいだろう。キシモトはもう勃起しているだろうか？　早くもいきり勃ち、いても立ってもいられなくなっているのか？

私はクローゼットの中で汗みどろになっていた。

十月だったが、沖縄には夏の気配がしつこく居残り、日中三十度を超える日も珍しくなかった。普段なら当然つけるエアコンをつけるわけにもいかないので、狭苦しいクローゼットの中は、次第にサウナのようになっていった。

そんな中、壁越しに気配が伝わってきた。寝室は書斎の隣だった。クローゼットの中の壁一枚向こうはベッドなので、気配がやけに生々しかった。

といっても、なにをしているのかまではわからない。キスをしているのか、抱きあっているのか、バスタオルだけに包まれているミオの清潔な体を、まさぐったりしているのか……。

ゴソゴソ、ゴソゴソ、とふたりは動いている。行為が始まったら、私はベランダに出るとミオには伝えてあった。寝室にはカーテンが引かれているが、バレない程度に隙間をつくっておいたので、ベランダに出れば隣の様子をのぞくことができる。

私は動けなかった。

キシモトに見つかるのが怖かった、という理由も当然ある。いくらセックスに夢中になっているとはいえ、ベランダで人の気配がすれば、薄闇の中で眼を凝らす可能性はゼロではない。

だが、キシモトに見つかること以上に、ミオが他の男に抱かれている光景を目の当たりにするのが怖かった。

私の視線を意識していれば、少しは遠慮がちに抱かれるのではないか——そういう期待もなくはなかったが、まったくの見当違いかもしれなかった。

ミオが求めているのは経験だった。ひとりの男しか知らずに結婚してしまった過去の帳尻合わせがしたいと言っていた。

私はその言葉を、額面通りに受けとっていなかった。そういう一面もあるにしろ、本当に求めているのは新鮮な快楽なのではないかと疑っていた。

気持ちのいい思いをすれば、もっと気持ちのいいことがあるのではないかと期待に胸を躍らせてしまうのが、セックスの本質だからである。

相思相愛のパートナーと、身も心も満足するひとときを過ごしたところで安心はできない。その記憶は長くはもたず、数日後、あるいは数時間後には、まだまだ新しい快楽の扉があるのではないかと、鵜《う》の目鷹の目になってしまうのが健康な男であり、女なのである。

体の相性がいい私とのセックスだからこそ、ミオはあれほどまでに乱れるのだ——いくら自分に言い聞かせたところで、他の男に抱かれてもオルガスムスに達するのではないか、という不安は払拭《ふっしょく》できなかった。

そもそも、遠慮がちなセックスをするくらいなら、他の男に抱かれる意味なんてないだろう。ミオはかならずや、みずから望んで欲望の翼をひろげ、思う存分イキまくるはずだ。

そんなところを見たくなかった。

汗にまみれて震えている私を嘲笑うように、ミオの呼吸音が聞こえてきた。裸身を隠していたバスタオルを奪われ、可愛い乳房を揉まれているのか……物欲しげに尖った乳首を舐められているのか……。

やがて、ベッドがギシギシと軋《きし》みはじめた。キシモトが動いているのだ。つまり、ふたりはもう結合している……。

私は反射的に、両手で耳を塞いだ。ミオは挿入しても、声をこらえるタイプの女だった。我慢できなくなるまで、歯を食いしばっている。それでも息がはずむのまではこらえきれず、やがて歯を食いしばっていられなくなり……。

「はぁあああぁーっ！」

喜悦に歪んだ甲高い声が聞こえてくると、私は耳の穴に指を突っこんだ。雷鳴に怯える子供のように、膝を抱え、背中を丸めて、ただただ震えていた。

気がつけば、静かになっていた。

嵐は過ぎ去ったのだ。それでも私はしばらくの間、身動きをとることができなかった。まるで脳天を割られて血が噴きだしているかのように、滝のような汗だけが顔中を流れていた。

「もう帰ったよー」

ミオの声が聞こえてきた。

私は恐るおそるクローゼットの扉を開け、立ちあがった。脚が痺《しび》れて、思うように歩けなかった。まるで雲の上を歩いているような気持ちの悪い感じだった。

書斎の扉を開けると、廊下にミオが立っていた。真っ赤なベビードールを着ていたのでギョッとした。

ミオは下着に機能性を求めるタイプで、セクシーランジェリーを嫌っていた。洗濯を実母に頼っているので所有できないのだろうな、と私は思っていた。

そんなミオが、セックスの小道具のような真っ赤なベビードールを着けているなんて、入手経路はひとつしか考えられない。

「あの男に貰ったのか?」

ミオはうなずいた。

「それを着て抱かれたのか?」

曖昧に首をかしげる。

「どうだった？」

「のぞいてたんじゃないんですか？」

「いや……結局クローゼットの中から出られなかった」

「意気地なし」

「そうだな」

「あなたにされるのが百点だとしたら、キシモトさんは五十点くらいだった」

「赤点だ」

「そうね」

「そりゃあまあ、喜んでいいのかな……」

私は会話に上の空だった。ミオが放つ色気に悩殺されていた。

小柄でロリ顔な彼女に、真っ赤なベビードールはよく似合っていた。彼女のために誂《あつら》えたのではないかと思うほどだったが、それよりも、こちらを見ている眼つきが尋常ではなかった。こちらを見つめて、親指の爪を噛んでいた。ねっとりと濡れた瞳が欲情しきっていた。

「……二百点あげてもいいよ」

ミオは顔をそむけ、気まずげに言った。

「いまのわたしを抱いてくれたら……」

私は勃起していた。痛いくらいだった。ミオに負けないくらい、欲情していた。

「……素直じゃないな」

私は勃起した男根が乗りうつったような険《けわ》しい表情で、一歩前に進んだ。ミオは一歩さがったが、狭い廊下である。背中が壁にあたった。私は、息のかかる距離まで顔を近づけていった。

「抱いてほしいんだろ?」

欲情に潤みきった瞳をのぞきこむと、ミオは顔をそむけた。私は彼女の顎《あご》をつかみ、こちらに眼を向けさせようとした。ミオはいやいやと首を振った。

「他の男じゃ完全燃焼できなかったから、抱いてくださいってお願いしろよ」

唇を引き結んで答えないミオの体を、私はまさぐった。ベビードールのざらついたレースの感触が卑猥だった。それに包まれた素肌は熱く火照って、じっとりと汗ばんでいた。

「ダッ、ダメッ……」

両脚の間に指を這わせていくと、ミオは身をよじった。

「あっちで……ベッドでしましょう……」

ベビードールと揃いの赤いパンティを、彼女は穿いていた。ハイレグのデザインで、股間にぴっちりと食いこんでいた。レースのざらつきを味わうように、私は小高く盛りあがった恥丘を撫でた。その下の柔らかい部分をまさぐると、下着越しにもかかわらず、ねっとりと湿った熱気が指にからみついてきた。

「頼みがある……」

女の割れ目を丁寧になぞりながら、私はささやいた。

「今日だけは、NGなしで抱かせてくれないか？　俺の好きなように……」

ミオは私を見て、唇をわななかせた。指の刺激に腰が動いていても、言葉は出てこない。

「他の男に抱かれた体をそのまま抱くんだ。それくらい許してくれてもいいだろう？」

ミオは言葉を返してこなかった。立っていられなくなるまで、指の刺激に腰を動かしていた。拒絶しないということはOKだと、私は判断した。

# 4

汗まみれの服を脱いだ。

ベッドに敷かれたピンク色のシーツが、ひどく卑猥なものに見えた。先ほどまで男女がまぐわっていた残滓《ざんし》の匂いが、あちこちに散見するシワやシミから漂ってくるようだった。

表情を険しくし、勃起しきった男根を揺らしてベッドにあがっていく私を、先に横になっていたミオはこわばった顔で迎えた。

私の雄々《おお》しさに怖じ気づいたわけではない。照明を消していなかったからだ。普段なら、わざわざワット数の低い電球に替えたスタンドライトだけをつけるか、それすら消して真っ暗にする。

蛍光灯が煌々《こうこう》とついている下で、真っ赤なベビードール姿のミオは、両手で自分を抱きしめていた。怯えているようで、眼つきは廊下で見たときと変わらなかった。黒い瞳が、欲情の涙に溺れそうになっている。

私はミオを抱き寄せ、やさしく髪を撫でた。NGなしだからといって、乱暴なことはできなかった。いつものように時間をかけてミオをリラックスさせるところから始めたわけだが、その日はミオのほうがいつもの彼女ではなかった。

軽く背中を撫でているだけで身をよじりだし、脚をからめてきた。両腿で私の太腿を挟み、股間をこすりつけるようなことまで……。

「NGなしってことは……」

早くもはずみはじめた呼吸を抑えながら、ミオは言った。

「わたしもするんですか？」

唇をOの字にひろげてみせる。フェラチオのことらしい。

「いや、それはいい……」

私は首を横に振った。痩せ我慢をしたわけではなく、相手がミオだと、あまり口腔奉仕に対する欲望がわいてこないからだった。ロリ顔のせいもあるし、気の強い性格のせいもあるのだろう。そういうことをさせるのが、申し訳ないような気がしてしまうのである。

「でも、こっちは舐めたい。クンニはさせてくれよ」

「明るい中で？」

ミオは眉をひそめた。

「……じゃあ、舐めるときは暗くする」

早くもすべてのNGが解除されるという話は崩れてしまったわけだが、それでも私は充分に満足だった。彼女にクンニリングスをするのは、私の悲願だった。そもそもそれは、前戯におけるハイライトなわけで、クンニをしないセックスに、私はいつも物足りなさを覚えていた。

しかも、ミオはパイパンだった。

ウチナーンチュは毛深さに悩んでいる人間が多く、その一方でアメリカ文化の影響もあるので、永久脱毛が盛んだった。最近は全国的にVIO処理が流行《はや》っているようだが、当時は東京あたりよりも沖縄のほうが進んでいたはずだ。

ベビードールを脱がせ、ゆっくりと時間をかけて左右の乳首を愛撫し、蛍光灯を薄暗いスタンドライトに変えてから、パンティを脚から抜いた。

真っ白い女の股間を目の当たりにした衝撃は、いまでもよく覚えている。

ほんの数十分前、他の男のものを咥えこんでいた――そんなことさえ、頭から一瞬吹き飛んだ。私はそれまで、パイパンの女をクンニしたことがなかった。間近で見る陰毛のない女性器は、まさに美しい花だった。淫靡《いんび》さが欠片《かけら》もなく、健やかに花開いていた。

「そんなにジロジロ見ないでください……」

羞じらうミオをなだめながら、私はアーモンドピンクの花びらに顔を近づけていった。ミオは見られることだけではなく、その部分の匂いを嗅がれることにも、ひどい拒絶感がある女だった。

だが、見ずにはいられないし、匂いを嗅がずにいられない。舌を差しだし、くにゃくにゃした花びらを味わわずにはいられない。

もちろん、ミオを辱《はずかし》めるためにやっているわけではなかった。気持ちをよくするためだ。恥ずかしがる気持ちもよくわかるけれど、セックスに開眼した彼女なら、ただ恥ずかしいだけではないはずだった。

実際、舌を這わせるほどに新鮮な蜜があふれてきた。私は彼女の中に指を入れた。ヌメる肉ひだがびっしり詰まっている中を、やさしく掻き混ぜた。指入れ自体は、それまでにもよくやっていた。上壁にあるざらついた凹み——Gスポットを押しあげてやると、ミオは喉を突きだして甲高い悲鳴を放った。

指入れには慣れていても、同時にクリトリスを舐められた経験が彼女にはない。誰にもされたことがないらしい。

新雪を踏みしめるような気分で、私は舌先でクリトリスを転がした。恥丘を挟んで内側からと外側から、同時に刺激する愛撫に、ミオはあえぎ声がとまらなくなり、ジタバタと暴れだした。

どう見ても感じているようだったし、感じ方もいつも以上だった。そのままイカせることができそうな手応えさえあったが、私は焦らなかった。どうせイカせるのなら、ひとつになってからのほうがいい。

私は強く刺激しないよう、慎重にミオの性感を扱った。欲情しきっているミオは、それでも大量の蜜を漏らし、ピンク色のシーツに盛大なシミをつくった。前戯の段階で、これほど濡らしているのは初めてだった。正確には前戯の直前に、他の男に抱かれているのだが……。

ミオによれば、キシモトのセックスは五十点だったらしい。それだけが救いと言えば救いだったが、その後に私が五十点以下のセックスをしたら、すべてが台無しになってしまう。

しくじるわけにはいかないと、全身全霊で愛撫に打ちこんだ。感じながらもイクことができない状態で、ミオを宙吊りにしてやった。欲情だけを、ぶくぶくに肥大させてやりたかった。

「もうダメ……我慢できない……」

宙吊り状態に根をあげたミオが、体を起こして馬乗りになってきた。

騎乗位だ。欲情しきった眼つきで私を見下ろしながら、男根をつかんで濡れた花園にあてがった。ゆっくりと腰を落として、私のものを自分の体の中に収めた。

そこまではいつも通りだったが、私は彼女の両膝をつかみ、立てさせた。両脚をM字に開いた状態で、下からピストン運動を送りこんだ。

「いっ、いやあああああーっ！」

ミオは羞じらいに顔を真っ赤に染めあげた。普段なら、たとえ薄暗い中でも、決して許してくれない体位だった。M字に開いた両脚の間に、男根が突き刺さっている――その光景を、男にまじまじと見られる格好なのである。

私はただ単に、眼福《がんぷく》のためだけにミオの両脚を開いたわけではなかった。彼女は騎乗位のとき、上体を私にあずけてくる。男の上で四つん這いになり、抱きあった状態で下から動いてもらうことを好む。

私もそのやり方が嫌いではなかったが、上体を起こしてM字に開脚してやれば、ミオの股間に彼女の全体重がかかる。結合感がいつもよりずっと深まる。亀頭を奥まで届かせることができる。

「ああっ、いやっ……いやいやいやあああーっ！」

ずんっ、ずんっ、ずんっ、と下から突きあげられたミオは、おかっぱの黒髪を振り乱して羞じらった。だが、くしゃくしゃに歪んだロリ顔を染めている色はやがて、羞恥の真っ赤から、発情の生々しいピンク色へと変わっていった。

ずんずんっ、ずんずんっ、と下から突きあげるたびに、男根の先がコリコリした子宮にあたっているのを私は感じた。あたるたびに、ミオの顔がいやらしく歪む。造形はロリータでも、よがる表情は発情しきった三十女そのものだ。

「……イッ、イクッ！」

ミオが最初のオルガスムスに達すると、私は上体を起こし、激しく痙攣している彼女の体を抱きしめた。そのままあお向けに倒し、正常位の体勢になる。ミオはハアハアと息をはずませている。薄眼を開けて私を見る。

私のいちばん好きな彼女の顔がそこにあった。もうどうにでもして、という感じの無防備な表情。瞳が潤みすぎて、眼の焦点が合わない。オルガスムスの余韻だけに支配されて、ぼうっとしている——可愛くてしようがない。

唇を重ねた。ミオはまだ完全に呼吸が整っていなかったが、自分から舌を差しだし、からめてきた。お互いがお互いの舌をしゃぶりあい、唾液を啜りあう、濃厚なキスが続いた。

先に体を動かしはじめたのもまた、彼女のほうだった。腰がゆらゆらと揺れていた。もっとちょうだいとばかりに、下から股間を押しつけてきた。

私も腰を使いはじめた。ゆっくりと抜き、ゆっくりと入り直していく。彼女をイカせるのに、激しいピストン運動は必要なかった。四十路《よそじ》を過ぎていた私はすでに、二十代のころのようなスタミナを失っていたが、一方のミオもまた、五年間もセックスから離れ、その前にもひとりしか男を知らない奥手な女だった。ゆっくりしたピストン運動が、お互いのツボに嵌まったのだ。

肉と肉とのヌメヌメした摩擦感を味わうように、私はねちっこく腰を使う。ミオは男根の抜き差しを受けとめながらも、身をよじったり、手脚をバタバタさせたり、どこまでも落ち着きがない。スローピッチなピストン運動でも、彼女はすぐに快楽の波にさらわれていく。

「イッ、イクッ！　またイッちゃううう……」

力の限り私にしがみつき、背中を弓なりに反り返らせる。文字通り快楽にのたうちまわって、体中の肉という肉を、ぶるぶるっ、ぶるぶるっ、と痙攣させる。

可愛かった。

この腕の中で絶頂に達しているときの彼女ほど可愛い存在を、私は他に知らなかった。

5

ミオが他の男に抱かれたのは、結局それ一回だけだった。

私としては少し拍子抜けだったが、私のほうから他の男に抱かれろというのもおかしな話なので、黙っていた。

他の男の存在などなくても、私たちのセックスは充実していく一方だった。エッチな下着を着けてもらったり、電マやヴァイブを使ったり、変態チックなプレイに刺激を求めたり——そういうことをいっさいしなくても、体を重ねるたびに愉悦《ゆえつ》は深まっていった。

クンニリングスや開脚騎乗位を許してもらったのも一回だけで、その後はNGの多いセックスに戻ったのだが、不思議なくらいもっと過激なことをしてみたいという気にはならなかった。

その一方で、セックスが充実していけばいくほど、ミオはますますわがままになっていった。新しいクルマが欲しいとか広いマンションに引っ越したいなど、要求が度を超してエスカレートしていった。

逆に言えば、ミオがわがままになればなるほど、セックスが充実していったのかもしれない。ミオのわがままはプレゼントの要求だけではなかった。容易にベッドへの誘いに応じてくれなくなった。三回に二回は拒んできた。

おかげで、いつでも新鮮な気持ちで彼女を抱くことができた、とも言える。セックスレスに陥らないコツは、やれる状況が整ったからといって、野放図《のほうず》にやりまくらないことに尽きるらしい。いつでも抱くことができないから、抱きたいという切実な気持ちを維持できるというわけだ。

それはともかく、私は次第にミオのわがままに付き合いきれなくなっていった。そもそもクルマやマンションをポンと買い与えることができるほど、経済力があったわけでもない。

それ以外でも、とにかく気分屋で気が強いので扱いに手を焼いた。話を聞き流すということができず、こちらの迂闊《うかつ》なひと言には、百発百中で眼の色を変えて噛みついてくる。そのくせ彼女の発言や行動はどこまでも無神経で、思いやりの欠片もない。

そんな女と一緒にいても疲れるばかりだった。どうしてこうなってしまったのだろうと、溜息をつく回数が日に日に増えていった。

私はロリコンでない。容姿だけに惹かれて彼女と付き合いだしたわけではなく、最初は波長が合っていたはずなのだ。

しかし、私たちはもう、昔の関係には戻れなかった。狂おしいほどのセックスと引き替えに、なにかを失ってしまったのだ。

付き合いはじめて一年ほどで、私は別れを決断するしかなかった。ミオは淡々とそれを受け入れた。笑ってしまうほど、あっさりした別れだった。

人に話せば、金の切れ目が縁の切れ目という、ただそれだけの話なのかもしれない。どこの盛り場にでも掃いて捨てるほど転がっている安い話だと、別れた直後は私自身も自嘲《じちょう》の笑《え》みを浮かべていたものだが、もしかするとそうではなかったのかもしれない、と思うこともある。

「なんだかどんどんよくなっていく……怖いくらい……」

情事の後、オルガスムスの余韻がありありと残った顔で、ミオはよくそんなことを口にしていた。

セックスがどんどんよくなっていくという点について、異論はなかった。実際に私もそう感じていたからだが、私はべつに、それが怖くはなかった。むしろ喜ばしいことであり、祝福すべき事態だった。

とらえ方の違いは、男女の性差によるのかもしれなかった。セックスで得られる快楽の量は、そもそも女のほうが男よりずっと多いと言われている。声の出し方ひとつ見ても、それは明確だろう。

ミオが限度を超えてわがままになっていったのは、意識的にしろ無意識的にしろ、別れを求めていたからではないだろうか――別れてからずいぶん時間が経ってから、そんなことを思った。

彼女はよくなっていく一方のセックスが、本当に怖かったのだ。怖くてしかたがないから、逃げだしたかったのだ。

男の私からすれば理解に苦しむ話なのだが、ミオが私より十倍、あるいは百倍の快楽を得ていたとすれば、一考に値する。

クルマやマンションを買ってほしいと言いだせば、たいていの男は逃げだしていくに決まっている。そんなことがわからないほど、ミオは頭の悪い女ではなかった。

その一方で、三十歳のシングルマザーにしては、ちょっと異常なくらい羞恥心が強かった。彼女がよくなっていくばかりのセックスに恐怖を覚えていたのは、それと無関係ではないような気がする。

自分で自分をコントロールできなくなるほど乱れてしまうことに、どこかで恥じていたのかもしれない。恥じているのにセックスはよくなっていく一方なので、精神のバランスを崩していき、別れを選ぶしかなかった……。

彼女に対する未練はない。

私ごときでは手に負えない女だったとつくづく思う。

しかし、彼女としていたセックスへの未練だけは、いまでも体のいちばん深いところでくすぶったままだ。

# 第七話　無人島へ行こう――トモミ・二十三歳

## 1

私は基本的に怠惰《たいだ》で自堕落《じだらく》な人間であるが、酒場と風俗に関してだけは自分でも呆れるくらい冒険心を発揮する。

どちらも上振れと下振れ――アタリハズレが激しいものだが、中には大アタリもあったりするからあなどれない。

沖縄に移住して七、八年が経ったころだろうか。五十路《いそじ》が近づいて酒も昔ほど飲めなくなったし、松山あたりの酒場巡りや風俗探訪にもそろそろ飽きてきたころの話だ。

私はひどく疲れていた。

五十歳が目前に差しかかれば、元気いっぱいのほうが珍しいかもしれないが、いよいよ酒毒がまわったのか体調不良の日が増えたし、自分勝手に妻子を捨ててしまった男には疲れを癒《い》やす家庭もない。仕事はそれなりに順調だったけれど、かといって、長い不況のトンネルから抜けだせない出版業界にいては、明るい未来の展望がもてるわけもなく、暗色の不安に駆られながら毎日あくせくと原稿を書き飛ばしていた。

朝起きた瞬間から、ちんこまんこ、ちんこまんこ、と書いているのだから、いい加減うんざりしてもよさそうなものなのに、私が癒やしを求めたのはやはりちんこまんこ——風俗店だった。

といっても、波の上あたりのソープやデリヘルはすっかり新鮮ではなくなってしまったので、もう少し趣向を凝らした遊びができる店を探していた。

そこで出会ったのが、「森」と呼ばれる性感マッサージ店だった。

隠れ家的な一軒家レストランならぬ、隠れ家的な一軒家風俗店とでも呼べばいいだろうか。那覇の中心地から内陸に向かってタクシーで二十分ほど行ったところにある、盛り場でもなんでもない住宅地の片隅でひっそりと営業していた。築五十年くらい経っていそうな、かなりオンボロな木造平屋建ての家屋がプレイルームだった。

ゆうに二百坪はありそうな敷地には濃緑の木々が鬱蒼《うっそう》と茂っていて、それが森という通称の由来だった。もちろん、森というほどの規模ではないのだが、敷地の中に入ってみると木々が陽射しを遮《さえぎ》っており、頭上に青い空がわずかに見えるくらいだから、世界から隔絶《かくぜつ》されたような気分になる。

森の目玉サービスは、その庭で施術を受けられることだった。オープンエアである。家屋の中でもサービスを受けられるのだが、私はいつも庭での施術をチョイスしていた。

リゾート地にはマッサージがつきものであり、タイのプーケットやインドネシアのバリ島では、オープンエアでマッサージを受けることができる店なんて珍しくないだろう。とくに女性観光客は、マッサージ目当てで機上の人になる向きも少なくないはずである。

一方、沖縄にはタイやバリ島ほどマッサージ文化が根付いておらず、一泊十万円以上する高級ホテルにでもステイしない限り、オープンエアでのマッサージは望めない。私が知らないだけでどこかにあるのかもしれないが、私にとっては沖縄と野外マッサージという組み合わせは目新しかった。

沖縄は木陰が最高なのだ。夏の盛り、暴力的と言いたくなるような強烈な陽射しが降り注いでいるときでも、木陰に入るとホッとするし、風が吹いてくれれば心地よさにそっと眼を閉じたくなる。

そんなシチュエーションで、寝そべったまま女に体を洗われたり、マッサージを受けられるなんて桃源郷みたいなものではないか。当時の私の目的は溜まりに溜まった欲望を吐きだすことではなく、疲れきった心身を癒やしてもらうことだったから、その店はうってつけだった。

月に二、三回の頻度で三カ月ほど通った。洗体やマッサージが特別上手《うま》いわけではなかったが、べつによかった。セラピストの女の子たちがみな、若くて明るかったからである。

決して美人揃いというわけではない。けれども、若い女の子が笑顔を絶やさなければ、たいていは可愛く見えるものだ。歳は二十代前半が中心で、施術中でもよくしゃべる子が多かった。

「ウチナーンチュかい?」と訊ねてみると、ほとんどのセラピストが県内出身の子のようだった。それも那覇のような市街地ではなく、那覇からクルマで二時間もかかるようなところで生まれ育った子ばかりだという。なるほど、彼女たちが天真爛漫《てんしんらんまん》なのは豊かな自然に囲まれてのびのび育ったからかと、妙に納得したものだ。

ただ……。

トモミだけが異質だった。歳は二十三と言っていたから、若さでは他のセラピストに引けをとらない。丸顔でくりくりした眼をした容姿も、可愛らしいと言えば可愛らしい。

だが、暗かった。年相応に潑剌《はつらつ》としたところがひとつもなく、いつも伏し目がちで口数が少ない。しゃべってもボソボソとひとり言を言っているような陰気な女の子だった。

ウチナーンチュには、底抜けに明るいタイプと、極端に引っ込み思案なタイプがいるが、彼女はどうやら後者のようで、森のセラピストにしては珍しかった。

その店では、セラピストがビキニ姿で施術してくれる。普通は体操着のようなものだったり、ケーシー白衣をアレンジしたユニフォームだったり、南国ムードを演出するならムームーだったりするはずなのに、全員が三角ビキニの着用を義務づけられていた。

おかげで私は、毎回眼福を味わうことができた。ウチナーンチュの女のビキニ姿を拝める機会は、実はかなり稀少《きしょう》なのだ。

沖縄県民には、水着を着る習慣があまり浸透していないからである。子供のころは服のまま海に入ってしまうし、年ごろになれば手脚を隠すラッシュガードなどを着込み、日焼け対策に万全を期する。そもそもウチナーンチュには泳げない者が少なくない。四方を美しい海に囲まれた島で生まれ育ったのに、不思議なものである。

「そんなに見ないでください」

トモミは顔を合わせるなり、そう言ってもじもじと身をよじった。私は風俗嬢に裏を返すことがないので、そのときも指名ではなくフリーで店に入っていた。つまり、トモミとは初対面だった。

「どうしてだい？　素敵だよ」

私の言葉に嘘はなかった。トモミは小柄ながらも肉感的なスタイルをしていた。バストやヒップにボリュームがある、古い言葉で言えばトランジスタグラマーだったから、白地に花柄の三角ビキニがよく似合っていた。

「どうしてって、恥ずかしーさー」

トモミは本気で羞じらっていた。ビキニ姿に慣れていないとはいえ、店で毎日着ていれば気にならなくなるのではないか、と私は思った。トモミは要するに、森で働きはじめたばかりの新人セラピストだったのである。

しかも、室内であれば照明を消せば暗くもなるが、オープンエアではそうはいかない。

私が森を訪れるのはいつも、開放感を満喫できる昼間のうち——いくら木々が鬱蒼と茂っていても、室内のように暗くはない。

森はいわゆる「抜き」ありの性感マッサージ店だから、施術が進めばセラピストは裸になるのだが、「最後はどうせ裸じゃないか」という軽口も叩けないほどトモミの顔は赤面し、可哀相なくらいこわばっていた。

## 2

セラピストの制服がビキニなら、客の私は全裸だった。

更衣室《こういしつ》にはいちおう、やたらとサイズの大きなポリエステルのトランクスが用意されていたが、使いまわしのものだから、とても穿く気にはなれなかった。恥ずかしがるような歳でもないし、そもそも開放感を味わいに来ていたので、私は最初から全裸で施術に挑んでいた。

庭にはウッドデッキがあり、その上にソープランドにあるような巨大なエアマットが置かれていた。私はマットの上でうつ伏せになり、あまり期待もせずにトモミが洗体を始めてくれるのを待った。

いきなり違和感が訪れた。

森での洗体は普通、泡立ちのいいナイロン製のボディタオルを使う。

しかしトモミは、ボディソープを直接手に取り、私の背中で伸ばしてきたのである。うつ伏せになっているので見えなかったが、感触があきらかに手のひらだった。

「ボディタオルは使わないのかい？」

と訊ねると、

「こっちのほうが気持ちよくないですか？」

抑揚《よくよう》のない声で返ってきた。なるほど、若い女の子に直接手で体を洗われるのは気持ちがいいし、好感度も高い。ボディタオルを使うよりサービスがいい気がするからだが、トモミは先ほどビキニ姿を見られただけで恥ずかしがっていた。そのギャップに私は戸惑った。

「上を向いてください」

　背中を洗われ、シャボンをシャワーのお湯で流されると、私はあお向けになった。全裸なので、当然下半身は丸出しである。

　私のペニスはちんまりしたままだった。いつものことだ。森では手コキで射精させてくれるサービスが基本料金に含まれていたし、料金を上乗せすればフェラチオや本番までＯＫだという噂も聞いていた。

　しかし私は、どういうわけかその店では射精する気になれなかった。勃起することさえほとんどないまま、性感マッサージをキャンセルするのが常だった。他の店では女を抱いていたし、なんならオナニーさえ日課にしていたから、勃たなくなったわけではない。

　初回にキャンセルしてしまったから、その後もなんとなくキャンセルしつづけたという面もある。だが、オープンエアで洗体された後は、若くて明るいセラピストと全裸でのんびりおしゃべりしているほうが、射精をするより贅沢な時間に思えたのも事実だ。

　しかし……。

　トモミに体の前面を洗われると、次第に体が熱くなっていった。彼女の手つきが妖しかったからだ。ボディソープのヌメリを使い、胸板を撫でまわすところまでは普通の洗体かもしれない。

だが彼女は、そうしつつ、爪を使って乳首を刺激してきた。指の動きがやたらと手練《てだ》れていて、となると当然、快感を覚えずにはいられない。

私は勃起するのを我慢していた。気を抜けばあっという間に勃ってしまいそうだったが、私の乳首を刺激しているトモミの横顔が暗いままだったからだ。愁《うれ》いを帯《お》びていると言ってもいいし、無表情と言ってもいいが、いやらしいことをしている女の横顔にはまったく見えなかったから、勃起してしまうことがためらわれたのである。

なにを遠慮していたのか、自分でもよくわからない。自分だけが興奮してしまうのが恥ずかしかったのかもしれないし、洗体の段階で勃起してしまうなんて、新人セラピストを傷つけてしまうと思ったのかもしれない。

だが、我慢にも限界があった。

トモミの手が股間に伸びてきてペニスをまさぐられると、ちんまりしていた男の器官が、みるみるうちに硬くなり、あっという間に女を愛せる形状になっていった。私は、鬱蒼と茂った木々の隙間から顔を出している青空を睨みつけ、興奮を鎮めようとした。

無理だった。トモミの手指の動きは乳首を刺激していたときよりますます妖しくなっていたし、そこは男がいちばん感じる部分なのだ。

隆々と屹立した肉の棒を、トモミはボディソープのヌメリを使いつつしごいてきた。しごき方は強くなかったが、きっちりとカリのくびれの上で指をすべらせるので、私は何度もうめき声をあげそうになった。

さらにトモミは、手のひらを使って亀頭を撫でまわしたり、根元からカリまでゆっくりと手筒をすべらせたり、挙げ句の果てには玉袋をニギニギとあやしてきたりもした。まるで熟練のソープ嬢のような手つきだったし、本来ならボディソープではなく、ローションを使ってするプレイでもあった。

私の吐息が荒ぶってくると、トモミはこちらを見た。眼つきが妖しくなっていたので、私はドキッとした。もはや愁いも帯びてもいなかったし、無表情からもはるか遠く、その眼つきからはただ、欲情だけが伝わってきた。

「気持ちいいですか？」

声音すらじっとりと湿らせて、トモミは訊ねてきた。彼女の豹変ぶりに気圧《けお》されてしまった私は、言葉を返すこともできないまま、黙って顎を引いた。

するとトモミは、シャワーのお湯でシャボンを流し、あたらめてペニスに性感マッサージ用のローションを塗りたくり、射精に導いてくれた。

男の精を勢いよく飛ばした瞬間、私はオープンエアで洗体されるよりずっと強い開放感を覚えた。性感マッサージをキャンセルしつづけた過去の自分をぶん殴《なぐ》ってやりたい気分になったが、おそらくトモミでなければそんな気にはならなかったはずだ。

彼女以外のセラピストはみな明るい。笑顔を絶やさないし、おしゃべりが大好きで、施術が始まっても延々としゃべりつづけている子も少なくなかった。

そういう女に、男は欲情しないのだ。笑顔に癒やされることはあっても、笑顔に勃起する男はいないのではないか？　少なくとも私は、セックスのときによく笑う女を、もう一度抱きたいと思ったことがない。

トモミは暗い女だった。

もちろん、ただ暗いだけなら欲情することもなかっただろうが、暗さの中になんとも言えない色気があった。ペニスと戯れながら眼つきに欲情を浮かべたときには、ドキッとさせられた。暗い瞳のその奥に、淫乱じみた本性を隠しているのではないかと、ゲスの勘ぐりをせずにはいられなかったくらいだ。

男に奉仕することで欲情する女というのは一定数いそうだが、彼女はそういうタイプなのかもしれない。

普段は引っこみ事案で、ビキニ姿を羞じらうくらいなのに、私のペニスをまさぐる手つきはいやらしく、堂に入っていた。二十三歳という若さにそぐわない熟練のソープ嬢のようなテクニックを駆使して、私を射精に導いたのだった。

3

六十分のプレイ時間は、まだ半分残っていた。

普通はまず洗体、それが終わると性感マッサージなのに、トモミは洗体の段階で抜いてしまったから、時間が余って当然だった。

しかもトモミは、立ちあがって自分でシャワーを浴びている私に背中を向けて座り、がっくりとうなだれていた。余った時間を楽しいおしゃべりで過ごそうという雰囲気でもなかったので、私は困ってしまった。

「どうかしたのかい？」

濡れた体をタオルで拭いながら、トモミの背中に声をかけた。言葉が返ってこなかったので、やれやれと私は内心で溜息をついた。これはもう退散するしかないか、と諦めムードになった。

「……失敗しました」

ひとり言のようにボソッと、トモミが言った。

「失敗？　俺はとっても気持ちよかったけど……」

「お店の人に言われた段取りを飛ばしてしまったんです。本当は……そのう……出してもらう前に、交渉をしなければならなかったっていうか……」

「どういう意味？」

「最後、どうやって出したいのかお客さんに訊いて、追加料金次第では口でしたり……」

「なるほど」

私は太い息を吐きだし、トモミの前にまわりこんだ。

「俺はいつも洗体だけで終わりにしちゃうから知らないんだけど、追加料金っていくらくらいなの？」

「……口ならプラス五千円……本番なら……一万円」

フェラチオはともかく、彼女が本番さえ辞さない風俗嬢であることに、私は驚きを隠せなかった。パッと見にはとてもそんなふうに見えない、事務員でもやっていそうな子なのである。「本番」という風俗業界の隠語を口にすることすら似合わない。

それにしても激安だった。

そもそも沖縄の風俗は総じて安い。真栄原新町の十五分・五千円は例外であり、もはや絶滅の危機に瀕《ひん》していたが、那覇市内でも一万円台で遊べるソープランドやデリヘルは簡単に見つかる。森の基本料金は六十分・一万円で、洗体と性感マッサージに加え、手コキの抜きまでつく。総額二万で本番までできるとなれば、追加料金を払っても充分に安いのだ。

「金がいるのかい？」

私が不躾《ぶしつけ》に訊ねてしまったのは、そうであるなら稼げるプランを提示してやろうと思ったからだった。二回戦を本番で挑もうと思ったわけではない。私の精力は年齢なりに衰えていたし、残り時間は三十分を切っていた。おまけに、新人セラピストは落ちこみ中。そんな状況で二回戦に挑んでも、残念な結果にしかならないだろう。

「お金がいるから、こういう仕事してるんじゃないですか？」

トモミはふて腐れた口調で答えた。

「だったら、次の休みにバイトしないか？」

「えっ？」

トモミは顔をあげ、わけがわからないというふうに眉をひそめた。

「俺が丸一日、キミを貸しきってやるよ。店に相談してもいいが、そうするとキミの取り分は半分になる。裏引きはよくないけど、八時間の拘束で八万円、プラス本番の追加料金で、合計九万円払うけど」

トモミはしばらく唇を引き結んで押し黙っていたが、

「お店にバレなければ平気ですかね？」

にわかに眼を輝かせて言った。よほど金に困っているのか、すっかり裏引きをする気になっている。

「バレたらリスキーだけど、基本的には休みの日になにをしようが自由じゃないか。誰にも黙ってる自信があるなら、話に乗って損はない」

ここが東京の盛り場なら、あるいは松山のようなピンクゾーンなら、間違っても裏引きをもちかけたりしなかっただろう。リスクのレベルが違いすぎる。

ここは金と欲にまみれ、その裏に暴力がべったりと貼りついている歓楽街ではない。長閑《のどか》な住宅地でひっそりと営業している店だった。セラピストたちが天真爛漫なら、従業員もぼんやりした男ばかりで、バレたところで反社が出てきて半殺しにされるようなことはないだろうと思った。

「丸一日も貸しきりにして、いったいなにをするんですか？」

トモミは不思議そうに訊ねてきた。おそらく、私が精力絶倫なタイプには見えなかったからだろう。私が一日中でもやりまくりたい男であれば、裏引きなどもちかけず、即刻二回戦に突入すればいいだけなのだ。

「なあに、たいしたことがしたいわけじゃない。基本的にここでの接客と同じことをしてくれればいい」

「体洗って、マッサージして……」

「ああ。ただし、場所が変わる」

「えっ？」

「無人島に行きたいんだ」

呆気にとられた顔をしているトモミをよそに、私は自分の閃《ひらめ》きに酔いしれ、頬がゆるむのをどうすることもできなかった。

誰にだって、胸の内に秘めている性的妄想のひとつやふたつはあるだろう。私の場合、そのうちのひとつが無人島でのセックスだった。

夜のビーチで闇にまぎれてセックスしたことはあるが、そういうパターンではない。真っ昼間、太陽が燦々《さんさん》と照りつけてくる中、女を海に向かって四つん這いにし、後ろから雄々しく挑みかかっていく……。

そんな妄想を瞼の裏に思い浮かべ、何度自慰《じい》に耽《ふけ》ったかわからない。

もちろん、妄想はあくまで妄想だ。

沖縄に移住してきた当初は、もしかしたら妄想を実現するチャンスがあるかもしれないと、愚かにも胸を躍らせていたものだが、無人島に行くには自力で往復の船をチャーターしなければならない。金もかかりそうだし、手配が面倒くさそうなので、結局は諦めるしかなかった。妄想は実現しないからこそいつまでも輝きを放ち、興奮するのだと自分を慰《なぐさ》めつつ……。

だが、私はあることを知ってしまったのだ。

トモミに出会うのに先立つこと二カ月ほど前のことだ。ゴールデンウィークの連休を利用して、東京から古い友人が沖縄にやってきた。

出不精な私とは違い、彼は家族連れで慶良間《けらま》諸島にまで足を延ばしたらしく、泡盛を酌み交わしながらそのときの話を楽しく聞いた。私は観光が嫌いだが、みやげ話を聞くのはそれほど嫌いではなかった。

「宮古島や石垣島に行くことも考えたけど、そうしたらもう一回那覇から飛行機に乗らなきゃいけないじゃん。その点、慶良間なら那覇から高速船で一時間だし、海はもちろんすげえ綺麗なわけ。宿泊施設はまあ、豪華ってわけでもないんだけど、真っ白い砂浜にエメラルドグリーンの海だから、うちのチビたちも大興奮だよ。なにしろ波打ち際で小魚がピチピチ跳ねてるんだから、都会暮らしの子供は興奮するよな。関東じゃ、海開きもまだ先なのに」

「マリンスポーツとかやったのかい？」

「もちろん各種取り揃ってて、ダイビングとかすげえいいらしいけど……まだ子供らが小さいし、シュノーケリングの真似事をちょっとだけね。せめて小学校の高学年になってれば、ダイビングのライセンスも取れたのに……」

「いいじゃないか。いい思い出になったろうよ」

「あっ、グラスボートに乗ったよ」

「なんだそれ？」

「ボートの舟底がガラス張りになってて、海の中が見えるんだよ」

「へええ……」

「興味なさそうだな。俺だって興味なかったよ。ボート自体もちっちゃくて、それほど沖に出るわけでもないし。でも……」

「でも?」

「ビーチの目の前に無人島があってさ、そこに連れていってくれるっていうから、カミさんやチビたちが昼寝してる間にひとりで乗ってみたんだ。往復千円ぽっきりで安かったしさ。俺、釣りやるじゃん? 無人島って言葉に弱いんだよな。バンバン釣れそうでさ」

彼もまた、私とは違う理由で無人島に興味があったらしい。

「ガラス越しに見える海の底っていうのはべつに、たいしたもんじゃなかった。グラスボートなんか乗らなくても、底が見えるくらい透明度が高い海だからね。でも、無人島は興奮したね。他にもいろんなマリンスポーツがあるじゃん。ダイビング以外にもジェットスキーとかバナナボートとかあるから、グラスボートなんて人気ないわけよ。俺が行ったときは島に誰もいなくてさ……なんていうのかな、船頭やってる爺さんは三十分後に迎えにくるって言ってたけど、そんなの忘れられてるような気がして、だんだん怖くなってくるんだよ。孤立無援の恍惚っていうかさ、釣竿持ってくれればよかったって心底思ったね。無人島でひとりで竿振ってたら、たぶん俺対大海原《おおうなばら》、俺対世界って感じで、もっと興奮したと思うんだよね……」

泡盛の酔いも手伝って、彼は興奮気味に熱弁していた。私も興奮気味にうなずいていたはずだ。釣りなどどうでもよかったし、彼と世界の戦いになんて一ミリも興味がもてなかったが……。

私は私の性的妄想に思いを馳せていた。そこに行けば、長年の念願だった、無人島でのセックスが実現できるかもしれないと思った。高速船の運賃など安いものだし、片道一時間なら日帰りでも行くこともできる。

問題は……。

当時の私に妻や恋人やセックスフレンド——気楽に無人島に誘うことができるパートナーがいないことだった。思いを寄せている女はいないこともなかったが、いきなり無人島でセックスしようなどと言えるわけがない。

その点、金で買い占めることができ、暗い瞳の奥に淫乱じみた本性を隠していそうなトモミなら、相手にとって不足はなかった。

# 4

私は予定のある生活ができない男だ。

あらかじめ決められたスケジュールに則《のっと》って行動しなければならないのがなにより苦手で、予約が必要な飲食店なんて大嫌いだった。数日後になにが食べたいか、わかるわけがないからだ。仕事関係の会食であれば話は別だが、ひとりで入る飲み屋の類いは街をぶらぶらしながら決めたいし、プライヴェートな旅行で計画なんて立てたことがない。

しかし、このときばかりはそういった思想信条をいったん脇に置き、全身全霊で無人島行きの計画を練りあげ、準備を整えた。

高速船の発着時間を調べ、慶良間諸島の情報を可能な限りネットで入手し、必要なものを通販で買いそろえた。プレイ用のエアマットやローション、自分のぶんとトモミのぶんの水着、携帯食や水筒、ビーチパラソルまで買い求めたので、けっこうな荷物になった。

トモミが指定してきた日は、出会ってから三日後の平日だった。那覇の泊埠頭《とまり》にある「とまりん」という旅客ターミナルで待ち合わせた。高速船の出航時刻は午前十時だったので、九時半に集合とトモミには伝えたが、気持ちの急《せ》いていた私は八時半にはとまりんに着いていた。

海がシケると船はすぐ運休になる、とウチナーンチュの友人に聞いた。飛行機は意外なほど風に強いが、船は驚くほどシケに弱いらしい。

梅雨が明けた快晴の日だったので、まず大丈夫だろうと思っていたが、とりあえず船は出航しそうだった。

私は安堵の胸を撫で下ろしてガランとしたロビーのベンチに腰をおろし、トモミを待った。

どうせ妄想を叶えるなら、風俗嬢ではなく恋人のほうがよかったのではないか——そんな思いがなかったわけではない。とはいえ、五十路が目前に迫っている男に、そう簡単に恋人などできないし、二十代前半の若い女となれば、ほとんど不可能だろう。トモミはいい体をしているし、むっつりスケベの気配もするから、誘いに乗ってくれただけで御の字だと感謝したほうがいい。

一方、それとは別の杞憂《きゆう》もあった。

今回の裏引きが店にバレなかったとしても、味をしめてしまったトモミが他の客にも誘いをかけ、いずれ店と深刻なトラブルを起こすかもしれなかった。彼女は陰気なだけではなく、あまり頭がよさそうではない。おまけに金に困っているとなれば、見境なく誘いをかけるかもしれないから、その点についてはきっちり釘《くぎ》を刺しておいたほうがいいだろう。

しかし、そんな不安はトモミが現れた瞬間、吹き飛んだ。

恥ずかしそうにもじもじしながらロビーに入ってきた彼女は、黄色いタンクトップに白いホットパンツ姿だった。

いちおう大きな麦わら帽子を被っていたが、私はそんな格好で街を歩くウチナーンチュの女を見たことがなかった。

六月とはいえ、沖縄の陽射しは強い。大胆に手脚を出して国際通りあたりを闊《かっ》歩《ぽ》しているのは、観光客と相場は決まっている。ウチナーンチュの女は、異常に日焼けを嫌がる向きが多いのだ。

ましてや行く先は、身を隠す建物もない無人島なのに――私は啞然とするとともに、露出度の高いトモミの姿に欲情した。

ビキニ姿で施術を受けたときにも思ったことだが、彼女は男好きするトランジスタグラマーなので、タンクトップにホットパンツというような格好がよく似合う。横顔に愁いが浮かんでいても、肉感的なボディが発散する若いお色気までは隠しきれない。

ふたりで高速船に乗りこんだ。慶良間諸島に向かう船内には、肌の露出の多い女が散見された。リゾート気分ではしゃいでいる観光客だ。

なるほど、と私は胸底でつぶやいた。要するにトモミは、地元の人間ではなく、観光客に見られたいらしい。沖縄は狭いから、どこにいても友人知人に出くわさないとは限らないのである。

隣りあわせて座席に座ったが、トモミは私が用意してきたお菓子やジュースに手をつけなかった。

「船酔いするかもしれないんで、着くまで寝ます。いちおう酔いどめの薬は飲んできたんですが……」

そう言うと、麦わら帽子を目深に被ったまま、腕を組んで眼を閉じた。

移動時間にもギャラが発生していることを考えれば、彼女の態度は褒められたものではないだろう。とはいえ、船酔いするかもしれないと言われれば、おしゃべりに付き合わせるのも気の毒なので黙っていた。

船窓から見えるエメラルドグリーンの大海原や青空に流れる白い雲は、絵ハガキにできそうなくらい綺麗だったが、私の視線はむっちりしたトモミの太腿に釘づけだった。この体と無人島で獣のようにまぐわうことを想像しただけで、早くも勃起してしまいそうだった。

慶良間諸島の某島に到着すると、港からタクシーに乗りこんだ。目当てのビーチは、島の反対側にあった。アップダウンの激しい道を二十分ほど走り、タクシーを降りた。海に続く短い道には飲食店やおみやげ屋が賑々しく軒を連ね、そこを抜けると白い砂浜と美しい海が迎えてくれた。

「すげえな……」

私は思わずつぶやいてしまった。

「本島の海も綺麗だけど、透明度が全然違う……」

感動している私をよそに、トモミはノーリアクションだった。都会で生まれ育った私と違い、ウチナーンチュは海を見ていちいち感動したりしない。愛着がないわけではなく、日常的な光景だからだろう。

それにしても、慶良間の海は美しすぎた。おまけに、広々としたビーチにいる観光客もまばら——沖縄の梅雨は明けていたが、学生が夏休みに入る前の平日だから、家族連れやカップルが四、五組いるだけだった。

これなら、無人島を独占できる可能性が大いにあった。私に無人島の情報をもたらしてくれた友人によれば、釣り人用のイカダのような極端に狭い島ではないらしいから、仮に他の人間がいたとしても身を隠してセックスすることはできるだろうと踏んでいたが、誰もいないに越したことはない。

## 5

グラスボートで無人島に渡った。

先ほどまでいたビーチが見えていたが、私は当然のように島の裏側にまわった。海と空しか見えなくなった。

予想通り、私たち以外に観光客の姿はなかった。念のため、船頭の爺さんに確認したところ、

「今日はあんたたちが初めてさー。これからも誰も乗らんかもしれんねー」

と嬉しい答えが返ってきた。

島の裏側には立派なビーチがあるわけではなく、岩場が波打ち際に迫っていて、猫の額のような白い砂浜がポツポツと見えているだけだった。

とはいえ、セックスするには充分なスペースなので、私は岩場に隠れて見通しの悪い砂浜にビーチパラソルを立てた。他の観光客がやってきても、声や気配で察知し、水着を着直す時間くらいは確保できそうな場所である。

私たちはグラスボートに乗りこむ前に水着に着替えていた。といっても、私はあらかじめ水着を着けていたので、Tシャツとカーゴパンツを脱いだだけだ。

「これ、キミのぶんの水着も買っておいたから」

通販で買い求めた豹柄のビキニを渡すと、

「わたしも下に水着を着てます」

トモミは更衣室に向かうことなく、ビーチでタンクトップとホットパンツを脱ぎ捨てた。

彼女が着けていたのはココア色の三角ビキニだった。地味な色合いだが、横顔に愁いを帯びているトモミにはまあ、似合っていないこともなかった。色はともかく、三角ビキニはトランジスタグラマーなスタイルが映える。

電動エアポンプでエアマットをふくらませてビーチパラソルの下に置けば、準備は完了だった。あとは快楽の海に溺れるだけだ。グラスボートが迎えにくる一時間後まで、他の観光客がやってこないことを祈りながら……。

「お店でやってること、やればいいんですね？」

トモミが不安げに訊ねてきた。私は当然そのつもりでいたが、彼女の表情を見ているうちに気が変わった。

「逆にしようか」

「えっ？」

「今日は俺がキミをマッサージしてやるよ」

ポカンとしているトモミをよそに、私は自分の閃きに指を鳴らしたい気分だった。無人島にシャワーなんてあるわけがないから、洗体はできない。シャボンまみれの体を海で洗って帰るのは、さすがに環境に悪そうだ。

だから、いきなりローションを使って性感マッサージを受けるつもりでいた。ローションは海藻エキスだから、海に流しても大丈夫だろうと、勝手な理屈をつけて……。

しかし、まるで乗り気ではない、陰気なトモミの表情を見ていると、自分が気持ちよくなるより、彼女を気持ちよくしたほうがいいような気がした。

森で施術を受けたとき、トモミはペニスを愛撫しながら眼つきを変えた。無表情で愛嬌のない彼女だが、男に奉仕するのが好きなのだろうと、そのときは思った。だから性感マッサージ店のセラピストになり、ペニスをしごきながら興奮したのだろうと……。

だが本当は、その後に控えた本番プレイに期待して、黒い瞳をねっとりと潤ませていたのかもしれない。奉仕も好きだが、オルガスムスはもっと好きでもおかしくない。そうであるなら、こちらが性感マッサージを施して、限界まで欲情してもらったほうがいいだろう。本番ありの前提なら、段取り的にもそちらのほうが好都合に違いない。

私の性的妄想の核心は、ふたりで獣になることだった。海に向かって女を四つん這いにし、後ろから貫く——それだけではなく、お互い頭を真っ白にして盛《さか》らなければ、獣になったとは言えない。

「うつ伏せから始めようか」

私はトモミをエアマットの上にうながした。マッサージの技術などなにも知らなかったが、受けるのは大好きだからなんとかなるだろうと思った。それに、これから行なうのは筋肉の凝りをほぐすための指圧の類いではなく、性感マッサージ——前戯の延長と考えれば、それほど構えることはないだろう。

手のひらにローションを垂らしながら、私はうつ伏せになったトモミを見ていた。ボリューム満点のヒップが、たまらなくそそった。後ろから突きあげれば、パンパンといい音を鳴らしそうだ。

脚からマッサージを始めた。ヌルヌルしたローションをすべらせながら、ふくらはぎや太腿を撫でまわした。それだけでも充分にいやらしい感触がしたが、尻の双丘はそれ以上だった。

ココア色のビキニパンティと素肌の間に、ローションまみれの両手をすべりこませた。若さを誇るようにムチムチした張りのある尻肉を、ローションを使って撫でまわした。丸い隆起にぎゅっと指を食いこませれば、胸が高鳴ってしかたがないくらいの弾力が味わえた。

ビキニパンティをTバック状にずりあげ、股間に食いこませたいという衝動が訪れたが、歯を食いしばって我慢《がまん》した。プレイはまだ始まったばかり、性感帯を刺激するには早すぎる。

私は左右の手のひらにあらためてローションを垂らし、背中を撫ではじめた。さらに、脇腹から腋窩《えきか》まで念入りに手のひらを這わせ、若い素肌にローションの光沢を与えていく。

潮風が心地よかった。ビーチパラソルのおかげで、陽射しは完全にカットされている。素肌がじっとりと汗ばんできても、暑いという感覚はない。

ローションを使ったマッサージを念入りに行なっているうちに、私はトランス状態のような不思議な感覚に陥っていった。人間社会から隔絶されている無人島で、女の体を撫でまわしていること、それ自体が心地よくなってきた。

もちろん、獣になることを忘れたわけではなかったけれど、それにしてはずいぶんと長い間、トモミの背面を撫でまわしていたと思う。

「くっ……うう……」

不意に声が聞こえてきた。トモミがもらしている声だった。よがり声ではなく、嗚咽じみていた。私はまだ、女がよがるような愛撫をしていなかった。

「どうかしたのかい？」

マッサージの手を休め、不安げな声を投げかけると、

「気にしないで……」

トモミは顔を伏せたまま答えた。「ひっ、ひっ」と喉を鳴らしながら。

「世の中に、こんなに気持ちいいことがあったんだなって感動しちゃって、涙が出てきただけ……」

「……そっ、そうか」

「最初は馬鹿馬鹿しいなって思ってました。無人島でエッチがしたいとか、男の人ってホントに馬鹿なこと考えるもんだって……でも、その、なんて言うんだろう……わたしの実家って目の前が海だから、毎日見てたのに、今日はすごく綺麗に見える……無人島だから透明度が高いとか、そういうんじゃないんです……マッサージだって、したことはあってもされたことはなくて、こんなに気持ちいいものだったのかって……」

私には、トモミにかける言葉が見つからなかった。

要するに、彼女はいま、心の底からリラックスしているのだろう。

彼女がストレスフルな毎日を送っていることは、想像に難くなかった。故郷を離れて風俗嬢に身をやつしているのだから、ストレスフリーなわけがない。だいたい、自然豊かな土地で、美しい海を望む家で育っても、生活まで豊かで美しいとは限らないのだ。むしろ逆のことが多いのではないか？

平均年収が全国ワーストである沖縄の中でも、市街地から離れれば離れるほど暮らしは貧しくなっていく。漁師などの例外はあるにしろ、経済的には恵まれない。トモミの横顔に宿っているなんとも言えない愁いは、少女時代から貧しい生活を余儀なくされてきたからのような気がしていた。

もちろん、貧しさに負けず明るく健やかに育つ子だっているだろうし、トモミはただ単に、悪い男に引っかかっているだけなのかもしれない。だがとにかく、幸せそうには見えなかった。

そういう女を金の力で言いなりにしている私は、おそらく人間の屑《くず》なのだろう。

それでも、トモミがいまこのとき、心の底からリラックスしてくれているのなら、多少は救われる。

## 6

「そろそろ交替します」

トモミが上体を起こして言った。もう泣いてはいなかったが、眼の縁が赤くなっていて、それが妙にエロティックだった。

「たくさんお金貰ったのにマッサージされてるだけじゃ、さすがに悪いさー」

「……そうか」

私はまだ、彼女へのマッサージを続けたかった。トモミの背面にしかローションを塗っていないし、正面にもヌルヌルした手でマッサージをすれば、乳房をはじめとした性感帯も刺激しやすい。

だが、トモミの主張も理解できたし、なにより時間が気になった。グラスボートが迎えに来るまで、あと四十分ほどしかない。いささかマッサージに時間を費《つい》やしすぎたようだ。

「うつ伏せになればいいかい？」

「そうじゃなくて、立ってください」

私は言われた通りにした。エアマットの上に立つのは不安定だが、海に向かって仁王立ちになると爽快な気分になった。トモミは膝立ちでにじり寄ってくると、私の水着をずりさげた。

勃起しきった男根が唸りをあげて屹立した。トモミはそこにローションをたっぷりと垂らし、両手で挟みこんできた。愛おしげな眼つきで男根を見つめながら、すりっ、すりっ、と両手でこすり、鈴口から我慢汁が滲みだしてくると、唇を尖らせてチュッと吸った。

「むううっ……」

声をもらして腰を反らせる私を見上げながら、トモミは赤い唇を大きくひろげた。眉根を寄せたセクシーな表情で亀頭を頬張り、ゆっくりと顔を前後に揺すりたてた。

普段はあれほど陰気で無表情なのに——鼻の下を伸ばして亀頭をしゃぶりまわしてくるトモミの表情は、身震いを誘うほどいやらしかった。上眼遣いの可愛らしさと情感たっぷりなエロスが、矛盾なく同居していた。

そのくせ手つきは熟練のソープ嬢さながらで、亀頭をしゃぶりながら、内腿や玉袋をフェザータッチで撫でまわしたり、両手を上に伸ばして乳首をくすぐってきたりする。

こみあげてくる喜悦に、私は天を仰いだ。ビーチパラソルで陽射しは遮られているが、目の前は東シナ海の大海原。綺麗なことも綺麗だったが、フェラチオされながらだと極楽浄土にも見えてくる。先ほどトモミが泣いてしまった理由が、少しだけわかった気がする。

だが、そんな平和な気分でいられたのも束の間、やがて獣のオスの本能が体の中で暴れはじめた。トモミに咥えられた男根は限界を超えて硬くなっており、メスを求めて悲鳴をあげているようだった。

「もういい」

私はトモミの口から男根を抜き、太腿までずりさげられていた水着を脱ぎ捨てた。他の観光客がやってくる可能性がある以上、勃起した性器をすぐに隠せるよう、水着をずりさげた状態で行為に及んだほうがいいのかもしれなかった。

しかし、私は獣になりたかった。赤っ恥を掻くリスクを無視できるくらい、興奮しきっていた。

エアマットの上で、トモミを四つん這いにした。もちろん、顔の向きは大海原の方向だ。

私は膝立ちになり、こちらに向かって突きだされているボリューミーなヒップを眺めた。トモミはまだ、ココア色のビキニパンティを穿いていた。それをめくりさげ、丸々とした尻の双丘をつかむ。ぐいっと左右に割りひろげれば、秘めやかな女の部分が露わになり、アーモンドピンクの花が咲く。

濡れていた。見た目ではっきりわかるほどだった。濡れていなければクンニリングスをするつもりだったが、その必要はなさそうだった。花びらに触れると、ねっとりした蜜が指にからみついてきた。

「いきなり入れても大丈夫かい？」

「はい」

トモミはうなずいた。先立って、生挿入の了解は得ていた。ピルを飲んでいるから、中で出しても大丈夫だと言われた。「お店ではゴムを着けてもらいますけどね、せっかくだから」と……。

なにが「せっかく」なのかよくわからなかったが、ありがたい話だった。私はパンパンに膨張した肉の棒をつかみ、挿入の準備を整えようとしたが、

「あっ、あのう……」

トモミが振り返り、四つん這いの体をもじもじさせた。

「水着、脱がなくていいんですか？」

「えっ……」

私は言葉に詰まった。こちらは全裸になっても、トモミにまで同じことを求めるつもりはなかった。男と女では咄嗟《とっさ》に隠す場所の数も違う。彼女のほうはビキニパンティをずりさげただけで、ブラジャーすらはずさなくていいと思っていたのだが……。

「せっかくだから脱ぎますよ」

トモミはみずからブラジャーをはずし、ビキニパンティまで脱いでしまった。一糸まとわぬ丸裸になってから、あらためて四つん這いになった。

私はやはり、なにが「せっかく」なのかよくわからなかったが、振り返ったと

きの彼女の瞳は欲情に濡れていた。彼女自身がなりたくて全裸になったとしか思えなかった。

「いくよ……」

私はボリューミーなヒップに腰を寄せていくと、勃起しきった男根を握りしめた。亀頭で尻の桃割れをなぞって狙いを定め、ぐっと腰を前に送りだした。

「んんんんーっ！」

女の割れ目に亀頭が埋まった瞬間、トモミはくぐもった声をもらした。歯を食いしばって、声をこらえているようだった。わたしは「せっかくだから思う存分声を出せ」と言うかわりに、ピストン運動を送りこんだ。

トモミの中はよく濡れていたので、いきなりのフルピッチだった。ローションも使わずにこんなにもヌルヌルになっているとは、若いくせに欲求不満が溜《た》まっているのか？　あるいは生来の好き者なのか？

いずれにせよ、私はすぐに、よけいなことを考えていられなくなった。トモミの腰を両手でがっちりとつかみ、雄々しく腰を振りたてることに没頭した。トランジスタグラマーな二十三歳のヒップには驚くほど弾力があり、連打を打ちこむと、パンパンッ、パンパンッ、と乾いた打擲音《ちょうちゃくおん》をたてた。

その音と交尾の快感が、私を再びトランス状態にいざなっていった。

目の前はエメラルドグリーンの大海原で、四つん這いにして後ろから突きあげている女は若い。私の性的妄想はたしかに実現されていたが、そんなことさえどうでもよくなった。

「ああっ、もっとっ！　もっとくださいっ！」

トモミは絞りだすような声で言い、四つん這いの身をよじった。ハアハアと息をはずませては、あえぎ声をこらえていることも徐々にできなくなっていく。

期待に違《たが》わず、彼女はけっこうな淫乱だった。ウチナーンチュには早熟な女が多いから、彼女もその若さに似合わずセックスの場数をたくさん踏んでいるのかもしれなかった。バツイチやバツ二であってもおかしくないし、子供が何人いても驚かない。

もちろん、男がらみの出来事の一つひとつが、彼女の横顔に愁いを帯びさせている原因なのかもしれなかったが、喜悦に身をよじっているいまだけは、恵まれない境遇や不幸な過去を忘れていることだろう。

パンパンッ、パンパンッ、と尻を打ち鳴らすほどに、トモミはひいひいと喉を絞ってよがり泣き、大量の蜜を漏らした。お互いにたっぷりと汗をかいていたが、それとは別の発情のエキスが、私の内腿や玉袋の裏まで濡らしてきた。

私たちはたしかに獣になっていた。

海に向かって歓喜の叫び声をあげ、恍惚を分かちあうまで、この世の不条理に辟易《へきえき》している人間に戻ることはなかった。

7

帰りの高速船の中で、トモミはずっと私の手を握っていた。麦わら帽子を目深に被って眠りについてしまうこともなく、うっとりした眼つきで私の横顔を眺めつづけていた。

それが恋する女の眼つきだと錯覚するほど、私は若くなかった。愚かで浅はかである自覚はあっても、私は夜の街を彷徨《ほうこう》することにさえ飽きはじめているすれっからしだった。

なるほど……。

無人島でのセックスは素晴らしい快感を私たちに与えてくれた。幸いなことに他の観光客がやってくることもなかったし、トモミの体は二十三歳とは思えないほど成熟していた。あれほど頭の中を真っ白にして女を抱くことに没頭できたのは久しぶりで、私は私の性的妄想をはるかに超えたひとときを過ごすことができたのだった。

それはおそらく、トモミも同じだったはずだ。

私のセックスがうまかったとか、体の相性がよかったと言いたいわけではない。金に困り、風俗嬢に身をやつしている彼女にとって、新鮮かつ刺激的なシチュエーションだっただけだ。

東京であれば、二十三歳の女が若さを武器においしい思いをすることは難しくない。けれども、トモミはいままでおいしい思いなんてしたことがないのだ。高級レストランで供されるフルコース、ブランドもののプレゼント、夜景が見える高層ホテルでするセックス——そういったものと無縁に育ったからこそ、私と過ごしたひとときに刺激を受けたのだ。特別なシチュエーションに若さに似合わないほど性感豊かな体が反応し、女に生まれてきた悦びを思う存分嚙みしめることができただけの話なのである。

おまけに安くない報酬までもらえたのだから、嬉しくてしようがないのだろう。うっとりした眼つきで私を眺めつつも内心ではホクホク顔で、こんなにおいしい思いができるなら、媚《こ》びを売っておいても損はないと考えたに違いない。

「また会えますよね？」

高速船がとまりんに停泊する直前、トモミは上眼遣いで訊ねてきた。

「どうかな？」

私は曖昧に首をかしげるしかなかった。

実際のところ、彼女とはもう二度と、外で会う気はなかった。私の性的妄想はすでに、完璧に近い形で実現されてしまったし、繰り返したところで初回の感動を超えることはなく、逆に失望や落胆が待っているだけな気がした。となると、次回は新たなる刺激を求めて、高級リゾートホテルにでもエスコートしなければならなくなる。快楽を追求するには金がかかるのである。

風俗嬢と外で会うたびに豪華なシチュエーションを用意し、十万円近くの小遣いを渡してやることができるほど、当時の私の懐は温かくなかった。成功しようが失敗しようが一回こっきりと思えばこそ大枚を叩《はた》いたのであり、回を重ねれば裏引きがバレるリスクだって高まる。

「連絡、待ってますねー」

普段の無表情からは考えられない満面の笑みを浮かべたトモミと、とまりんで別れた。スキップでも踏みはじめそうな後ろ姿を国道五十八号線で見送りながら、私は深い溜息をついた。

風俗嬢に裏を返すことがない私だが、トモミなら指名客になってもいいと思っていた。しかし、彼女が裏引きを期待している以上、それもうできそうになかった。東京に戻ることになったなどと嘘のメールを早々に送りつけ、関係を断たなければならない。

つまり私は、森に行くこともまた、できなくなったということだ。妄想はやはり、妄想のまま留《とど》めておいたほうがいいのかもしれない。私の中に残ったものは、性的妄想を実現できた満足感より、那覇での癒やしの空間をひとつ失った寂寥感《せきりょうかん》だった。

# あとがき

二〇二三年の五月、私は沖縄から離れ、生まれ育った東京に戻った。戻った理由は、またぞろ女だった。東京在住の女と恋に落ち、しばらくは月に二、三度も飛行機で往復する生活をしていたのだが、面倒くさくなって引っ越すことにしたのである。

それが最大の理由であったにしろ、沖縄に住みつづけるのはもう限界かもしれない、としばらく前から感じていた。夜の街で飲み歩く体力がなくなってしまったせいで、することがなくなってしまったからだった。

海から徒歩一分の場所に住んでいたので、釣りでもしてみようかと竿など買ってみたものの、教えてくれる人のいない初心者では釣れるわけがなく、老眼が進んだ眼では針に糸を結ぶことにも難儀《なんぎ》した。

沖縄では草野球が盛んで、五十代、六十代になっても元気に白球を追っている者が少なくないのだが、チームに誘われても私は野球ができなかった。あるいは地域社会にしっかりとコミットしていれば、「ハーリー（ハーレー）」と呼ばれる爬龍船競漕《はりゅうせんきょうそう》や大綱引きなどの祭りを堪能できたかもしれないけれど、私は集団作業に向いていない自分勝手な男だった。

あれほど好きだった沖縄料理や泡盛もだんだん口にする機会が減っていき、そのうち見るのも嫌になった。

もちろん、沖縄料理や泡盛に罪はない。人間に寿命があり、恋にも寿命があるように、土地との関係にも寿命があるだけの話だと思う。

沖縄を去るときは船で去ろうと、かなり前から決めていた。那覇と鹿児島を約二十四時間の航路で結んでいる、長距離フェリーである。

飛行場のない離島に住む人々の生活の足になっているフェリーだが、個室もあるのでのんびり船旅が楽しめそうだった。

沖縄と東京を結ぶ飛行機は一日に何十本も飛んでいて大変に便利だし、早めに予約したりLCCを使えば料金も安い。用事があるわけでもない鹿児島に二十四時間もかけて行き、そこからあらためて飛行機に乗って東京を目指すほうが時間も金もかかるのに、私はあえてそうした。

沖縄との別れをじっくり嚙みしめたかったからである。

早朝、那覇港から出港したフェリーの後部デッキで、私は延々と白い引き波を眺めていた。エメラルドグリーンの海は相変わらず綺麗だったし、空も雲もポツポツと現れる小さな島々も絶景としか言いようがなかったが、初めてそれを見たときのように、心が躍ることはなかった。十年間住んだ沖縄との別れをとりたてて悲しむわけでもなく、エンドマークが似合いそうな景色だな、などと冷たいことを考えていた。

どんなことにも終わりが訪れるのがこの世の理《ことわり》なら、それを受け入れるのが人間の宿命だろう。

とはいえ、終わりがあったということは始まりもあったわけで、その間に私は生きていた。沖縄を好きになり、そこで出会った女たちを愛し、生と性を謳歌していた時間がたしかにあったのである。

初出

第一話　雨のリゾート――ユキノ・二十二歳
「小説宝石」2019年8月号掲載「那覇の熱い夜」を改題
第二話　病める薔薇――ハルカ・二十四歳
「小説宝石」2020年2月号掲載「病める薔薇」を改題
第三話　目隠しの夜――レイコ・三十四歳
「小説宝石」2020年8・9月合併号掲載「目隠しの奥」を改題
第四話　夜の海に溶ける――マリコ・三十二歳
「小説宝石」2021年3月号掲載「夜の海に溶ける」を改題
第五話　声の限りに――カンナ・二十八歳
「小説宝石」2021年10月号掲載「声の限りに」を改題
第六話　第六話　ロリ顔――ミオ・三十歳
「小説宝石」2021年11月号掲載「ロリ顔」を改題
第七話　第七話　無人島へ行こう――トモミ・二十三歳
書下し

本書のコピー、スキャン、デジタル化等の無断複製は著作権法上での例外を除き禁じられています。本書を代行業者等の第三者に依頼してスキャンやデジタル化することは、たとえ個人や家庭内での利用であっても著作権法上一切認められておりません。

徳間文庫

# 熱《ねつ》夜《や》

© Yû Kusanagi 2025

2025年3月15日　初刷

著者　草《くさ》凪《なぎ》優《ゆう》

発行者　小宮英行

発行所　株式会社徳間書店

東京都品川区上大崎三-一-一
目黒セントラルスクエア　〒141-8202

電話　編集〇三(五四〇三)四三四九
　　　販売〇四九(二九三)五五二一

振替　〇〇一四〇-〇-四四三九二

印刷
製本　中央精版印刷株式会社

ISBN978-4-19-895012-5

（乱丁、落丁本はお取りかえいたします）

## 徳間文庫の好評既刊

草凪　優

# 人妻アイドル

書下し

〈人気アイドル鈴《すず》森《もり》乃《の》愛《あ》、隠し子と夫の存在をカミングアウト！〉記者会見で知っている女が頭を下げていた。躍るテロップとまばゆいフラッシュの嵐のテレビ画面に映るのは、一年前に別れたはずの妻だ。乃愛が会見で「夫」と呼んでいるのは、他ならぬ俺のこと……。「つまり、あの離婚届は出さなかったのか？　いったいなぜ？」——芸能界に翻《ほん》弄《ろう》されるカップルの激動純愛を描く官能ロマン。